Malditos Paulistas

Marcos Rey

Malditos Paulistas

São Paulo
2012

© Palma B. Donato, 2009
Texto de orelhas © by Tony Bellotto

1ª Edição, Companhia das Letras, 2003
2ª Edição, Global Editora, São Paulo 2012

Diretor Editorial
Jefferson L. Alves

Gerente de Produção
Flávio Samuel

Coordenadora Editorial
Arlete Zebber

Revisão
Luciana Chagas
Tatiana Y. Tanaka

Foto de Capa
Rubens Chaves/Pulsar Imagens

Projeto de Capa
Victor Burton

Editoração Eletrônica
Rodrigo Mota

CIP-BRASIL. Catalogação na fonte
Sindicato Nacional dos Editores de Livros, RJ

Rey, Marcos, 1925-1999
  Malditos paulistas / Marcos Rey. – [2.ed.]. – São Paulo : Global, 2012.

  Inclui bibliografia
  ISBN 978-85-260-1688-0

  1. Romance brasileiro. I. Título.

12-2093.   CDD: 869.93
                                      CDU: 821.134.3(81)-3

Direitos Reservados

Global Editora e Distribuidora Ltda.
Rua Pirapitingui, 111 – Liberdade
CEP 01508-020 – São Paulo – SP
Tel.: (11) 3277-7999 – Fax: (11) 3277-8141
e-mail: global@globaleditora.com.br
www.globaleditora.com.br

Obra atualizada conforme o **Novo Acordo Ortográfico da Língua Portuguesa**

Colabore com a produção científica e cultural.
Proibida a reprodução total ou parcial desta obra sem a autorização do editor.

Nº de Catálogo: **2619**

Malditos Paulistas

1 – Precisa-se, precisa-se, precisa-se

... de hábil motorista, familiarizado com marcas estrangeiras, boa aparência, vacinado contra varíola, no máximo 38 anos, solteiro ou descompromissado, para dormir na casa dos patrões. Bom salário, inclusive 13º e férias. Dispensam-se referências. Apresentação à rua Tal, número tal, Morumbi, às 10 da manhã.

Dispensam-se referências? Pra mim. Vacinei-me, barbeei-me e fui.

2 – Close da campainha

Antes de apertar a campainha, façamos o jogo da verdade: nunca fui motorista por vocação, amor aos automóveis ou escolha. Meu sonho brasileiro, acalentado em mil camas e tipos de colchões, era ter um belo emprego público que atrelasse meu pequeno destino ao grandioso futuro da Nação, mas, à falta dum curso ginasial completo, cartuchos e pistolões, meu nome nunca foi impresso no *Diário Oficial*. Frustrado em meus planos e também prejudicado pelo planeta Júpiter, que não vê com bons olhos os nativos de meu signo, tive de exercer funções menos seguras e vistosas. Salva-vidas em Ipanema e Leblon, com curso especializado de boca a boca, e falso cabo eleitoral junto a fábricas e colégios foram duas de minhas profissões temporárias. Fracassei nessas e noutras atividades, obstado pelo calor e entretido pelo fascínio da natureza do Rio.

Então tive de dirigir, refiro-me a veículos: caminhões de frutas na Rio-Bahia, táxis e lotações, camionetas e utilitários de múltiplos aspectos e tonelagem, ônibus, durante trinta dias até o atropelamento de um ciclista japonês chamado Takaoca, autos particulares e, finalmente, fixei-me nos coloridos micro-ônibus das escolinhas maternais, jardins da infância e pré-primários. Não que gostasse tanto de crianças ou que elas gostassem tanto de mim, mas porque as jovens mamães observaram no motorista virtudes insuspeitas. Muitas (mamães) me ofereciam doces, frutas e cigarros sempre com palavras que me faziam antever um futuro melhor. Outras (mamães) ofereceram-me presentes mais caros e intrigantes. O mais (intrigante) foi um cheque, mercadoria perecível, é verdade, mas dada com muito afeto. No entanto, apesar de minha pontualidade, de manter-me sempre limpo e de não ultrapassar os oitenta por hora, era costumeiramente demitido desses simpáticos estabelecimentos com caras feias que pretendiam substituir explicações.

Desiludido, e um tanto amargurado por ainda não ter aos trinta e poucos caderneta de poupança, tomei a imprevista decisão de mudar-me para São Paulo, o que fiz com o impulso e a dramaticidade de quem se transfere de armas e bagagens para um país distante. Em São Paulo, enquanto aprendia o novo idioma, trabalhei numa casa de jogos eletrônicos, dirigi um ônibus de turismo urbano, o insípido SÃO PAULO À NOITE, fui garçom de cantina do Bexiga, extra duma telenovela, instrutor de natação dum paraplégico rico e já me dispunha a regressar ao Rio, com uma saudade de doer, quando li o anúncio acima transcrito.

3 – A bela palhoça do senhor Paleardi

A casa do senhor Duílio Paleardi bem merecia ser chamada de Mansione, como ele gostava, La Mansione, embora escondesse o leite atrás dum muro alto e crespo com um rústico portão de madeira no meio. Os plebeus que por ela passassem e mesmo que pelo portão aberto espiassem veriam apenas a guarita da guarda. A Palhoça estava escondida cem metros além, entre arvoredos. Era o máximo que se pode fazer com ray-ban em matéria de construção moderna e tropical. Um arrojado arquiteto projetara um paraíso sob gigantescos óculos escuros, a intimidade do sol sem o ardor dos seus raios, entendem? Em versão anterior, falei em espaços amplos e flutuantes, tentando dar com palavras a medida justa do impacto que a Palhoça causou no desprevenido motorista.

Machuca detalhar até onde os outros chegaram, por isso e por não ter à mão um corretor de imóveis para fazer da Mansione descrição mais precisa ou sedutora, só mencionarei a piscina-lago de água quente, dum azul dominical de aquarela, a quadra de tênis, o paredão para responder às raquetadas de tenistas solitários, as barras fixas de ginástica, o playground com seu minitobogã e, lá no fundo, entre árvores e suas sombras, a branca e plácida moradia dos serviçais.

Uma diligente empregada, ao abrir o portão para que eu entrasse, impediu num só comando que um pastor, um dobermann e um fila me fizessem dar adeus à minha boa vida de desempregado. São, salvo e tenso, fui conduzido a uma espécie de galpão, depósito de velharias, onde vi uma mesa de sinuca e outra de pingue-pongue cobertas por pedaços de lona. Lá estavam também os candidatos: onze.

Todos fardados ou rigorosamente vestidos; para causar boa impressão, paletó e gravata. Apenas eu fora à esportiva, com um blazer creme, souvenir de uma das referidas e saudosas mamães do sensual itinerário do micro-ônibus. Depois de alguns minutos, um mordomo envergando um *summer*, numa ostensiva elegância matutina, embora em preto e branco, adentrou o galpão a agitar um par de antenas de besouro na direção dos candidatos. Na primeira fase da seleção, quis ver os documentos de todos, inclusive o atestado de vacina. Dos onze mais eu, restaram nove com os papéis em ordem. Um quarto foi dispensado porque esquecera os dentes em casa e um quinto por ter menos de um metro e sessenta. A manhã não estava favorável para banguelas e nanicos. Um sexto foi rifado logo em seguida porque sua concepção de "boa aparência" era muito pessoal. Ficamos, os seis, encostados a uma parede como delinquentes numa passarela policial, à espera do otário que apontaria o batedor de sua carteira.

Eu já pensava em apanhar o ônibus para o Rio quando vi pela primeira vez, de boné e bermudas, camisa de asas de borboletas e pança de magnata, o gordo e interessante Duílio Paleardi, incumbido da segunda etapa da seleção do concurso de Mister São Paulo. Não se aproximou muito dos candidatos, com receio do contágio de alguma enfermidade ou talvez da própria miséria, e dirigiu um olhar baixo e curto aos nossos sapatos, apenas aos sapatos, como se fossem o detalhe mais expressivo e revelador do guarda-roupa masculino. Ato contínuo, cochichou com o mordomo, que agitou as antenas na direção do segundo e quarto candidatos. Felizmente, engraxara meus borzeguins na véspera, o que me permitiu sobrar com mais três na peneira, renovando minha carga de esperanças. Feito seu trabalho, o patrão retirou-se e ficamos com o mordomo, observados por ele e pelo dobermann.

A essa altura, um dos candidatos, impaciente e descontrolado, acendeu com mãos trêmulas uma distinta cigarrilha preta, sua desgraça. O mordomo imediatamente agitou as sensíveis antenas e, embora fosse feito de cartolina, mostrou que podia falar:

– O senhor pode ir. A patroa não suporta esse cheiro.

Quatro negrinhos ao mar; a um tragou de vez
o arenque defumado, e então ficaram três.

Eu e os outros dois candidatos não choramos por causa disso, cada um segurando com ambas as mãos o terço que lhe cabia da mesma oportunidade.

A eliminatória final, com faixa e coroa para o vencedor, foi privilégio da patroa, a alta e alva mulher de Paleardi, que entrou de bicicleta no galpão, vestindo um maiô vermelho de duas peças ainda molhado. Mesmo a dez metros de distância, não dava para lhe calcular a idade, entre 35 e cinquenta anos, prodígio, quem sabe, de nossa evoluída cirurgia plástica.

A senhora Paleardi encostou a bicicleta e assumiu um vago olhar seletivo. Sobre rolemãs, aproximou-se do candidato ao meu lado esquerdo, colocando-o no raio X:

– Gosta de correr?

– Não corro nunca – respondeu prontamente o prudente motorista.

– Dispensado.

Paleardi e senhora adoravam a velocidade: ele fora grande amigo do famoso volante italiano Carlo Pintacuda.

Três negrinhos passeando no zoo. E depois?
O urso abraçou um, e então ficaram dois.

Dois. Ou duas: uma ensolarada morena carioca e uma esplendorosa loura de Santa Catarina.

– Andem.

– ?

– !

– Disse: andem. Um por vez.

Fui o primeiro a desfilar; leiam no meu currículo que fui transitório manequim da moda masculina num programa vespertino de televisão, para garantir a sopa dos pobres. Falseando naturalidade e certa distinção britânica, caminhei até a porta do galpão e voltei ao meu lugar.

A vez do candidato louro: foi até a porta do galpão e, muito criativo, no meio do caminho coçou a cabeça do dobermann.

Julguei que com isso ele havia somado pontos, essa impremeditada demonstração de afeto aos cães, mas fora mera impressão: a patroa continuou confusa.

– Qual de vocês sabe nadar?

Eu e ele levantamos o braço.

– Mesmo se um não soubesse, que importância teria? – a alva e alta senhora comentou com o mordomo.

– Pergunte se têm porte de arma.

– Vocês têm porte de arma?

Não levantei o braço, nem ele.

– Qual dos dois é mais apresentável? – ouvi a senhora perguntar ao besouro.

– O louro.

– O louro?

– Sem dúvida.

– Acho que é o moreno – ela opinou, mas incerta.

O mordomo, que não costumava discordar dos patrões, tentou a reconsideração:

– Pensando bem...

– Você não sabe nada, Gino! Diz por dizer.

O que viria agora? Desfile em trajes sumários? Em trajes típicos? Adiantaria dizer que fui campeão de ioiô? O homem de cartolina teve uma ideia. Pasmem:

– E se deixássemos a escolha aos cães?

– O quê?

– Aos cães?

– Como?

– Os cães simpatizam mais com uns do que com outros...

11

Pensei que a senhora Paleardi fosse repelir a sugestão, mas, ao contrário, se encaminhou com o mordomo-besouro a um canto para estabelecer o regulamento final do concurso.

Provoquei o catarinense:

– Vai aceitar isso? É caso de reclamação ao Ministério do Trabalho.

– Acho uma boa.

– Acha porque andou flertando com o dobermann.

– Os cães sempre me estimaram.

– De que raça é o seu?

O barriga-verde embatucou.

Todo regulamento tem um furo. Ao ver o pastor e o fila juntarem-se ao dobermann para o cheira-cheira da sociabilidade, protestei:

– Não vale! Está errado!

– Por quê? – o pai da ideia.

– Ele tem cachorro em casa. Vai ser mais cheirado que eu.

– Não tenho – afirmou o catarinense.

– Mentira! Disse que tem um dálmata!

Madame e mordomo não precisaram ouvir mais nada para reconhecer a justeza de meu protesto.

O senhor Paleardi penetrou no espaço fresco do galpão para saber qual fora o escolhido. Aí, os três, rei, dama e valete, pegaram a bola oval de rúgbi e reuniram-se para formular a última e desclassificante pergunta.

O rei de ouros:

– Qual de vocês fala italiano?

O louro deu um passo pra frente:

– Eu.

A trinca voltou-se para mim.

Um deles se queimou, e então ficou só um.

O valete:

– O senhor sabe?

A sinceridade dos derrotados:

– Não.

Afinal, o importante é competir. Ou não?

O gorducho e baixote patrão gargalhou e saiu do galpão acompanhado pelos cães. Madame quis manter-se sóbria, mas não deu: abandonou o depósito de quinquilharias a espremer um sorriso nos lábios. A tarefa de dispensar o penúltimo negrinho coube ao assalariado de cartolina. Nem quis ouvir. Fui saindo.

– Um momento – solicitou o mordomo.

– Disse que não falo nem entendo italiano.

– Nenhuma palavra?

– Ciao, Gino!

O besouro deteve-me com suas antenas:

– O emprego é seu.

Vi o raio que caiu sobre o catarinense.

Embora em chamas, pôde balbuciar:

– Falo italiano fluentemente...

A revelação superbolada de final de capítulo:

– O senhor Duílio Paleardi não emprega serviçais que conheçam italiano. Eu, por exemplo, trabalho com ele há vinte anos e só sei dizer *prego*.

– Isso é brincadeira? – a pergunta não foi minha.

– Pode ir, senhor.

O moço de Santa Catarina pôs sua bela viola cravejada de madrepérolas num lindo saco de vinil azul e, num andar nada gracioso, deixou o galpão.

4 – A entrevista na piscina

Com a faixa de Mister São Paulo e a coroa mal equilibrada na cabeça, fui levado por Gino para a piscina-lago, no meio do *tropical-garden*, onde marido e mulher, largados em preguiçosas de palhinha, à luz dum sol especial, tomando gim-tônica, entrevistaram o novo motorista.

– Onde nasceu? – ele.

– Em que casas trabalhou? – ela.

– Conhece bem hidramáticos? – ele.

– É casado? – ela.

– Tem boa vista? – ele.

– Nunca foi casado? – ela.

– Quanto demora pra trocar um pneu? – ele.

– Não é noivo ou qualquer coisa assim? – ela.

Depois, o capítulo das advertências e conselhos:

– Jamais beba álcool em serviço – ele.

– Nem tente namorar as serviçais – ela.

– Seja atencioso com amigos da casa e visitantes – ele.

– Roupas asseadas e o rosto sempre barbeado – ela.

Respondi prontamente a todas as perguntas e disse "sim, senhor" e "sim, senhora" a todas as advertências. Locutor de alto-falantes num parque de diversões da juventude, eu sabia emitir a voz e modulá-la com charme. Fora meu trabalho vocal, suponho, que me dera tanta sorte como condutor de micro-ônibus. As mamães apreciavam meu tom e a forma com que arredondava a voz. A origem e educação das pessoas estão impressas na voz, por isso o afônico nunca é digno de total confiança.

Em seguida, sob um passadiço de telhas vermelhas, o besouro conduziu-me ao bangalô dos empregados, irreprochável senzala com quatro janelas rasteiras e portãozinho de ferro.

– Seu quarto é o dos fundos – disse Gino, seguindo à minha frente, enquanto pares de olhos femininos me observavam com curiosidade e pesquisa. Era um novo inquilino que chegava.

O quarto era pequeno, jeitoso e muito limpo. Móveis poucos, bons e simples. No criado-mudo havia um transístor e tinha televisão a cores, de 21 polegadas, na sala-copa dos empregados. Com apenas um grama de imaginação, qualquer serviçal poderia sentir-se o único dono da Mansione e viver tão feliz como João e Maria em sua casa de chocolate.

– Experimente os uniformes. Tem vários no guarda-roupa.

Experimentei.

– A manga está um dedo curta, mas não faz mal.

– Faz, sim, a patroa quer tudo correto. Enquanto vai apanhar seus bagulhos, mando encompridar.

Achei que um pouco de calor humano pegaria bem:

– Simpática, a patroa, não?

– Se preza o emprego, chame ela de madame. Vá buscar seus trapos.

Ao sair do bangalô, ainda não afeito a detalhes, mas com o radar ligado, reconheci um par de olhos que me focalizara à entrada. Que sensualidade, santo Deus!

Respirei o ar vegetal da mansão e, já empregado, fui buscar minha sacola de roupas numa pensão dos Campos Elíseos. Ao chegar, ocorreu-me que não deveria deixar o familiar estabelecimento sem pagar os dois meses atrasados de aluguel. Não seria honesto. Por isso, foi com dor no coração que, de sacola em punho, dirigi-me à desconfiada senhoria, na cozinha.

– Tem lavanderia por aqui?

– Na esquina.

Peguei um bolinho:

– Na volta a gente conversa.

5 – Eu e os cães dos Paleardi

Ao regressar à mansão, dei minha carteira de trabalho, RG e CIC a Gino, quando me lembrei de que ainda não faláramos de salário. Soube então que receberia quatro mínimos por mês e mais um para trabalhar aos sábados, domingos e feriados.

– Satisfeito?

– Tudo ótimo, Gino.

– Não há patrões melhores que os Paleardi, quando se tem juízo.

Fiz a pergunta que vocês fariam:

– Por que o outro motorista foi embora?

O pobre Gino era meio surdo, como comprovei mais tarde.

No jardim, que o senhor Paleardi chamava de *piazza*, Gino apresentou-me aos cachorros. Sir Alexandre era o dobermann; o pastor, Dino Grandi, ex-ministro de Mussolini, e Bugre, o fila. O mordomo explicou que eu era o novo motorista: o que me mordesse ficaria uma semana sem carne, de castigo. Em compensação, eu não era hidrófobo.

– Não são perigosos?

– Só se os açougueiros entrarem em greve.

Depois, Gino levou-me à garagem: um Mercedão, um Mercedinho, uma Bugatti, um Alfa Romeo e uma Rural. Além de dirigir, eu teria de me preocupar com a gasolina, os óleos, as lavagens e os pneus. E, embora os carros estivessem no seguro, inclusive contra terceiros, a menor batida significaria desemprego.

Já uniformizado, e com as mangas encompridadas, apertei as mãos de cinco empregadas e de três empregados, observando pelo tato, óptica e sexto sentido que as mulheres demonstravam imenso prazer em conhecer o charmoso motorista, principalmente a copeira-residente, Lucélia, graciosa mignon de lábios carnudos e peitos arfantes, cujos dedos magnéticos retive entre os meus cerca de seis a oito segundos com paciente e resignada camaradagem.

E foi a mesma Lucélia quem, duas horas mais tarde, no salão-copa do bangalô, onde a famulagem se nutria, serviu-me a primeira refeição ligeira, comparável ao desjejum dos hotéis de cinco estrelas. Aí, enquanto mordia a polpa gelada dum melão, treinando o paladar para sabores mais refinados, prestei atenção às formas da criadinha e, ganhando interesse, lhe sorri com planejada simpatia. Ao abandonar a área, já acreditava ter aberto ali espaço de entretenimento capaz de tornar menos penosas minhas funções na Mansione – apesar das proibições taxativas do regulamento.

Mas eu tinha perguntas a fazer, e as fiz. Ao mordomo. Na pérgula. Havia uma pérgula.

– Por que o anúncio dizia que dispensavam referências?

– Ora, ora...

– Por quê?

– Você tem referências?

– Não.

– Então, do que se queixa?

O mordomo já se afastava, quando o retive pelo braço:

– Por que não quiseram o catarinense?

A pergunta pareceu ainda mais absurda ao besouro:

– O patrão tem seus assuntos particulares, como todo mundo. Entendeu?

Entendi, sim. Os pobres também têm seus segredos, embora muitas vezes sejam coagidos a confessá-los à polícia.

6 – A tomada geral

Já uniformizado, como disse, dei uma longa volta solitária pela mansão, pisando com prazer o chão de meu novo emprego. Só hesitei um pouco ao passar pelo Bugre, o fila, dos três cães o menos sociável e o mais apegado a ressentimentos nacionalistas. O pastor, como todos os de sua raça, era um profissional, um assalariado bem pago, e jamais morderia por motivos pessoais, além de ter certo respeito à farda, mesmo de motorista. Quanto ao dobermann, o belo Sir Alexandre, era um *brazilianist* e reservava para mim uma curiosidade humana e científica. Logo senti que seríamos amigos, amizades que eu poderia solidificar com pedaços de ossos e nacos de carne.

Mas ainda não estava preocupado com seres viventes. Meu fascínio ainda se prendia a casa e ao espaço dos Paleardi, muitas vezes superiores aos de antigos patrões da zona sul carioca. A mansão de ray-ban, os aludidos óculos de praia sobre a relva, os concretos curvilíneos, as colunas espaciais e outras bossas e surpresas arquitetônicas atraíam sobremaneira o ex-campeão de frescobol de Copacabana. Depois duma volta completa pela Palhoça Paleardi, o turista de quepe foi até a piscina-lago, onde dois copos com rodelas de limão esquecidos contavam o sabor dum gim-tônica ao ar livre. Então, o deslumbrado chofer foi fazer visita mais demorada à quadra de tênis, ao paredão, ao minitobogã e às barras de ginástica, passou pelo galpão da inquieta seleção da manhã, olhou respeitosamente o canil, penetrou no *tropical-garden*, onde uma tartaruga passeava, circulou por toda a pérgula, com suas colunetas cobertas de hera, entrou na garagem, reviu os carros e, usando sua bússola de bolso, voltou ao bangalô.

Ao jantar, servido na copa-cozinha do bangalô, num ambiente bastante comunicativo, que antecedia o horário das telenovelas, travei contato mais minucioso com a famulagem. Vamos às fichas? Sim, vamos às fichas.

7 – Elenco de coadjuvantes

LUCÉLIA – Entre 22 e 24 anos. Pequena, carnuda, ancas amplas e fartos peitos. Um outdoor do Biotônico Fontoura. A mais bonita, falante e agitada das servas. Seu antebraço e calcanhares, porém, eram revestidos duma pele de segunda, pigmentada e áspera. Outra desvantagem socioglandular: suava demais e cessava logo o efeito de seu desodorante.

AURORA – Trintona, loura e sardenta. Uma das serviçais mais antigas da Mansione e a mais querida de madame. Soube que tivera um caso com o antigo motorista. Olhos grandes, ventas largas, pescoço incrivelmente fino e bunda chata. Função: copeira.

DURVALINA – Cozinheira de mão-cheia: baixa, magra e escura. A senhora Paleardi a contratara numa feira de produtos baianos, no Ibirapuera, depois de comer um vatapá. Soube depois que era uma falsa baiana, na verdade, mineira do Triângulo, mas, boa cozinheira, ficou e ficou também seu apelido: Gabriela.

MAGALI – Arrumadeira, vinte e poucos anos, tão comum como seu próprio nome. Apaixonada por guarânias e pelo garçom. Detestava (invejava?) Lucélia. Não seria tão indesejável se não fossem os dentes acavalados e a gengiva de sola dupla.

CÉLIA – Também arrumadeira. Ex-rainha de forrós e bailecos, dez mil horas de dança em Vila Sofia. Cantara em todas as Horas da Peneira do rádio e da televisão, passara tricômonas a diversas colegas e, afinal, criara juízo, convertendo-se à religião mórmon, após vulcânica paixão por um norte-americano negro de Salt Lake City.

GINO – Já referido, cinquentão, mordomo, chefe de toda a famulagem. Ex-*croupier* dos cassinos Mito e das Carpas, homem da maior confiança de Duílio, porém não da simpatia da mulher. Formado em mordomia pela Metro-Goldwyn-Mayer. Mentira que só sabia dizer *prego* em italiano: nascera em Venosa, Basilicata. Patrão anterior: Don Corleone.

RANULFO – Trinta e poucos anos, garçom, amante enrustido de Magali. Descobri a ligação partindo de simples observação: ambos gostavam de guarânias e principalmente de "Luar de Ipacaraí". Jamais falava quando no interior da Mansione: alguém lhe dissera que o peixe morre pela boca e ele tinha cara de tainha.

BENTO – Soturno serviçal de meia-idade, encarregado da manutenção das áreas verdes da Palhoça e quadras esportivas. Noutros tempos fora leão de chácara de inferninhos e estivador em Santos. Não gostava de papo, a não ser com a falsa baiana.

OMAR – Turcão, quarenta anos, espécie de despenseiro e garçom auxiliar nas festas do casal. Campeão de dominó da famulagem. Grande consumidor de histórias em quadrinhos. Como Bento e Ranulfo, não me topava.

Os demais eram faxineiros diaristas, pedreiros, eletricistas e os guardas, funcionários de empresa especializada. Digamos, extras sem fala, apenas pontas, figuração à base de cachê, no filme colorido e cinemascópico dos Paleardi.

8 – Travelling no estúdio

*E*squeci de falar da campainha. Havia uma, estridente, direta nos tímpanos, à minha cabeceira. Quando tocava, eu vestia a farda, enfiava o quepe e corria para a casa-grande. Se era a patroa quem ia sair, tirava o Alfa da garagem. Se era o patrão, o Mercedão. O Mercedinho e a Bugatti, eles mesmos gostavam de dirigir nos passeios de fim de semana e feriados. Para compras, pegava a Rural, sempre levando o Gino e a Durvalina.

Nos primeiros dias de emprego, não saí uma única vez: a patroa apanhara forte resfriado e seu Duílio trancou-se no escritório. Fui até lá, a pedido de Gino, levar-lhe a apólice de seguro de um dos carros. Encontrei-o tomando um cálice de vinho e olhando para um ponto fixo na parede. Não me viu nem ouviu entrar, largado numa poltrona, os pés sobre um pufe. Enquanto deixava o documento sobre a escrivaninha, lancei um reduzido olhar ao patrão, que multiplicava o ódio ao ponto imaginário. Seus lábios se entreabriram:

– Filhos da puta!

Já tinha ouvido essa expressão popular em inúmeros ambientes, inclusive no interior de igrejas e mosteiros, mas jamais naquele tom estomacal e profundo, pronunciado por uma panela de pressão no ponto de explodir. Tratei de sair do escritório, empurrado pela vibração sonora que fez tremer as vidraças.

Como já estava no interior da Palhoça, dei um passeio como se à procura duma porta, como alguém que perdera o fio da meada num labirinto. A casa dos Paleardi era uma sequência de espaços e corredores acarpetados de vermelho. Muitos lambris, grandes vasos aéreos e terrestres com ramagens variadas, poucos móveis, práticos e rasos em decapê. A cor natural da madeira, o verde das plantas e o encarnado no chão. Parecia o lar dum casal de claustrófobos, tanto era o acesso à ventilação e à luz. Parei num salão chamado o Grande Living: com vigias de ray-ban, parecia o salão nobre de um transatlântico. Um plebeu impressionável, que lá aparecesse de imprevisto, seria capaz de enjoar. A estação seguinte era um salão de armas e troféus, bem menor e mais íntimo, povoado de cabeças de animais selvagens. Soube depois que Paleardi (Gino dizia "o comendador"), quando ainda em núpcias com a fortuna, dedicara-se à caça. Não lhe bastou esbanjar milhões na Boate Oásis: a compulsão do gasto levou-o aos leões. Virei um corredor à esquerda, temendo ser surpreendido naquela invasão domiciliar, quando topei, cara a cara – quase nos chocamos! –, com Lucélia.

Ficamos os dois a nos olhar e sorrir.

– Vim entregar um documento ao seu Duílio – disse, como se me desculpasse.

– Está gostando daqui?

– Ainda é cedo para dizer.

– Todos gostam.

– Mas o outro motorista foi embora.

– Não foi, deram um tiro nele.

– Quem?

Mão em concha:

– A patroa tá me chamando.

– Por quê?

– Tá me chamando.

Fiquei no mesmo lugar, vendo Lucélia correr até a extremidade do corredor, onde parou, olhou para trás, sorriu e deu-me adeus. Receei a quebra do regulamento. Mas decidi reagir, esfriar, esfriá-la, cortar o mal pela raiz e não me deixar envolver por nada que pusesse em risco os cinco salários mínimos.

Resolvi pensar noutra coisa: no motorista alvejado, por exemplo.

9 – A primeira quilometragem mercenária

A campainha. Saltei de pé, o paletó, o quepe, a corrida até a porta lateral da Mansione, onde Gino, apressadinho, informou:

– Vai de Mercedes.

Fui à garagem, lembrando-me de que jamais dirigira semelhante marca de avião. Manobrei calmo, estacionei. Mais perfumado que uma vedete em visita à filha no internato, Duílio entrou no carro.

– Centro.

Guiava olhando às vezes o retroespelho, não para ver os carros atrás, e sim a cara bulbosa do patrão, a mesma que usara na véspera, no escritório. Pensei que, naquele primeiro contato, dissesse alguma coisa, quebrasse o gelo, me oferecesse o seu olá. Me ignorou. Mas ouvi-o proferir:

– *Maledetti paulisti!*

Primeiramente, olhando meio vago para o teto do carro. Depois, seu ódio, direcional, procurou a janela. Dirigiu-se aos que passavam e, quem sabe, a toda a população do estado:

– *Maledetti paulisti!*

Ambas no mesmo tom estomacal, gasoso como um arroto, convicto, cru e explosivo. Como, imaginem, uma língua de sogra soprada em meio a uma missa de sétimo dia! Emitida a menos de cinco metros, a maldição poderia derrubar um homem que pesasse um mínimo de setenta quilos.

– Pare aí, moço. Venha me buscar às seis em ponto.

Na hora do almoço, vi o garçom e perguntei:

– O que faz o patrão?

– Trabalha na indústria do frio.

– O que é isso?

– Constrói balcões frigoríficos.

Às três, levei a patroa ao cabeleireiro. Às quatro e meia, fui buscá-la. Às seis, fui apanhar o patrão; continuava com aquela cara, à procura de pontos fixos onde pendurar seu ódio.

10 – O paraíso monótono

Nunca apreciei demasiadamente o trabalho, mas, para sair da Palhoça, ver coisas e gente, preferia que apertassem a campainha. Quando não dirigia, nada tinha a fazer, além de ler livros da pequena biblioteca Paleardi: coleções ornamentais, Jack London, Cronin e Maugham. Se pudesse aproveitar a piscina ou praticar o tênis no paredão, seria divertido, mas nem o Gino tinha esse direito. Então, apesar das decisões e promessas formuladas, tive de me dedicar ao único esporte ainda não vedado aos pobres: o sexo. Voltei a pensar em Lucélia. Agora me lembrava uma moreninha que salvara em Copacabana, numa eficaz operação boca a boca, tão mal compreendida por uma plateia, que quase me lincha como se eu fosse um negro que violentasse uma menina loura na Geórgia.

Encontrei Lucélia na pérgula, ela mordendo uma maçã, e conversamos um pouco.

– Já acostumou aqui?

– Agora, sim. Gosto daqui e de todos.

– Você é carioca, não?

– Sou.

– Quer uma maçã? Tenho outra.

– Só se for essa que está comendo.

Disse sem nenhuma intenção ou malícia, mas foi com a mesma cara que Eva teria feito no Paraíso que ela me passou a maçã. O ingênuo Adão de uniforme mordeu. A serpente, enroscada numa árvore, me deu uma piscada e sumiu.

11 – Uma triunfal tarde no bangalô

Na terceira semana vivida na Mansione, numa tarde de sábado, entrei no quarto de Lucélia (Célia, sua companheira de quarto, estava de licença) e com um lenço no olho lhe implorei um assoprão. Nada é mais invisível que um cisco e não precisa ser comprovado por chapa radiológica. E é o tipo do favor que ninguém nega a ninguém. Caim assoprava o olho de Abel nessas emergências. Sentei-me na cama de Lucélia e, puxando-a pelo ombro, criei uma hipotética linha reta entre sua boca e meu globo ocular, à espera do jato salvador. Quando o sopro morno, cheirando a Kolynos, me atingiu a córnea, um elo de oxigênio estabeleceu-se entre mim e a copeira. Então, sem a menor sensualidade aparente, apenas por alívio e gratidão, depositei, num piquê de borboleta, um beijo nos lábios da jovem.

Tudo ia ficar nisso – o beijo em troca do sopro – quando ouvi estranho e contínuo ruído. Custei a descobrir donde vinha, mas descobri. Sem o saber, fizera uma ligação direta entre os lábios e a vagina de Lucélia, pondo a funcionar o motor monofásico de seu sexo. Empurrei-a docemente sobre a cama, num simples teste de resistência. E ia satisfazer a serviçal, quando percebi que alguém empurrara a porta que eu, por cavalheirismo, não fechara.

Sir Alexandre, o dobermann, entrou.

– Vamos – eu disse a ela.

– Primeiro, ponha ele pra fora.

Levantei-me e ordenei ao cachorro:

– Saia! Este é um negócio particular.

Mas o cão não quis sair.

– Puxe-o pelo pescoço – orientou-me Lucélia.

– Puxe você, conhece ele há mais tempo.

– Tenho medo.

Achei que um papo podia resolver.

– Vá dar uma volta, amigão. O tempo está ótimo pra um passeio.

O dobermann sentou-se sobre as patas traseiras, olhando curiosamente para nós.

– Ele que fique – eu disse. – Basta fechar a porta.

– Com ele aqui, não.

– Por quê? Alex não vai contar a ninguém. É a discrição em pessoa.

– Tenho vergonha.

– Mas é um cachorro!

– É, mas tenho vergonha.

Olhei o cão, sentado, com aquela inquieta curiosidade dum espectador que vai pela primeira vez ao teatro.

– Vamos fazer uma coisa – sugeri. – Vou para meu quarto e você vai em seguida.

– Mas não deixe o cachorro entrar.

– Certo, não deixo o cachorro entrar.

Fui para o quarto, tirei toda a roupa, menos a cueca e as meias, e deitei-me à espera de Lucélia. Como ela demorasse, abri cautelosamente a porta: Sir Alexandre lá estava, sentadinho, com seu ingresso teatral na pata. Arrisquei-me a sair daquele jeito mesmo (não me refiro apenas à cueca) pelo corredor, rumo ao quarto da moça. A miserável empregadinha não estava lá. Onde se metera a pudibunda criatura? Voltei. Os fumantes, quando nervosos, consomem dez cigarros por hora. Sou diferente: consumo vinte.

Quinze minutos depois, a maldita campainha soou. Vesti-me e corri à Mansione. Devido à minha demora, Gino já tirara o Alfa da garagem.

– Querem passear – disse.

Como se dirigir naquele momento fosse um grande e esperado prazer, levei o casal para Interlagos. Pouco falaram na viagem. O patrão apenas soltava palavras, sem continuidade, mas que atingiam a mulher, como eu observava pelo retroespelho.

– Entrei nessa bobagem por sua causa... Dignidade! Você é que faz questão disso!

– Só queria um meio mais seguro de viver.

– Dignidade, segurança, prestígio... Palavras, palavras.

Este foi o trecho mais inteiro do diálogo que meus ouvidos captaram. Outro, do mesmo tamanho, foi dito em italiano. Depois, polissílabos, trissílabos, dissílabos e monossílabos. Daí pra frente, mímica: um homem à beira de tomar uma decisão que apavorava a mulher.

Uma hora de quilômetros rodados e voltávamos. Guardei o Alfa e retornei à senzala. Ao entrar no meu quarto, a surpresa: Lucélia esperava-me, deitada em minha cama.

– Por que demorou tanto? – perguntei.

– Gino me chamou para lavar pratos.

– E eu tive de levar os patrões a passeio.

– Passeou à vontade?

– Agora vamos terminar, mesmo se nos chamarem.

– Mas por que me quer? Só passatempo?

– Tire a roupa.

– Você não respondeu.

– O quê?

– O que perguntei.

– Sim, sim.

– Sim, o quê?

– Tire, não podemos perder mais tempo.

Lucélia tirou o vestido.

– Você é católico?

– Não é hora de perguntar isso.

Fiquei nu diante dela. Completamente.

– Não devia ter tirado toda a roupa.

– Queria que fizesse isso fardado?

Lucélia ficou nua por uma fração de segundo e enfiou-se debaixo do lençol. Esse instante foi chama: impulsionado pela mola dum mês de abstinência, meti-me também na cama. À porta, arranhavam. Devia ser Alex, provavelmente com uma super-8 nas patas.

– É ele.

– Antes Alex que o patrão. Vamos.

A moça do espanador encontrava dificuldade na concentração por culpa óbvia do indecente dobermann. Adivinhando que poucas vezes teria chance de sair sozinho da Palhoça, fiz o possível para tornar Lucélia uma dependente sexual. E, justiça lhe seja feita, depois dos primeiros embaraços, mostrou-se até mais requintada que algumas mamães do meu saudoso micro-ônibus.

– O que vai pensar de mim agora? – ela.

– Não estou pensando nada – eu.

– Você estava mesmo com um cisco no olho?

– Ah, obrigado pelo assoprão.

– Estou envergonhada. Tudo aconteceu tão depressa. E ainda nem sei o seu nome.

– Que não seja esse o problema. Meu nome é Raul!

12 – Que seja infinito enquanto dure...

Embora não estivesse nos meus planos e fosse contra os regulamentos da Palhoça, um novo e proibido amor nasceu no bangalô. Mentiria se dissesse que não me empolgou a princípio. Lucélia não tinha muita beleza e só lera o almanaque *A saúde da mulher*, mas seu físico compensava. Ao contrário das falsas magras, era uma falsa gorda, protótipo raro ainda não focalizado pelas revistas *for men*. Vestida, ficava gorducha e baixota. Nua, crescia e emagrecia. Certamente, não foi na primeira vez que logrei tão interessante descoberta. Esse favorável visual obtive depois de sentir muitas vezes sob o lençol sua verdadeira estrutura. Então, é normal, solicitei que não se despisse tão depressa.

– Vamos, bem devagar. Oh, assim não! Não é exame médico. Ponha outra vez o vestido. Recomece. Lentamente.

Não se saiu corretamente nas primeiras tentativas. Lucélia não aprendera a amar o próprio corpo, não era uma narcisista nata. Nem eu, é verdade, embora tenha caído cinco vezes dentro de poços.

– Está bem assim?

– Melhorou, mas estamos longe da perfeição. Depois de tirar toda a roupa, não corra para a cama como se fosse para o chuveiro. Pegue a toalha de banho e faça charme.

– Raul, quer que me resfrie?

Não queria: nada é menos afrodisíaco que um atchim.

Às vezes, ouvíamos um arranhar de porta: era o cão voyeur, querendo entrar.

Noutras ocasiões, para obter uma visão panorâmica do corpo de Lucélia, eu subia na cadeira. Pensei até em ir buscar a escada dupla do galpão para ver do alto o que já era tão bom ver ao nível da superfície.

– Não vai descer daí?

– Espere.

– Que graça tem subir na cadeira?

– Estou descobrindo agora.

– Raul, desça. Parece que tem medo de barata!

Minhas relações com a serviçal sempre envolviam risco e eram restritas a um tempo determinado. Como dormia com Célia, não podíamos passar a noite juntos. Nossas chances eram maiores aos sábados e domingos, quando parte dos criados ia para suas casas e o bangalô ficava mais deserto. E foi sensacional quando uma fábrica das proximidades pegou fogo! Todos foram ver o incêndio, menos eu e a moça, preocupados com nossa própria fogueira.

Porém, ao sairmos do bangalô, demos de cara com toda a famulagem, que nos olhou suspeitosamente. Ainda ouvindo a sirene dos carros de bombeiros, resolvi acautelar-me. Fora o demônio do sexo que mais de uma vez me jogara às traças. Não convidei mais Lucélia para ir ao meu quarto. Tola precaução: ela é quem passou a tomar a iniciativa, atrevida e inconsequente.

13 – O senhor Paleardi

*E*ra natural que um homem como Paleardi despertasse minha plebeia curiosidade. Conhecia-lhe apenas a casca, quando o conduzia ao escritório ou quando o via à beira da piscina, a tomar seu gim-tônica. Tinha pouco mais de um metro e sessenta, gordo, e só lhe faltava a calva para ser duma beleza helênica. Gostava de roupas esportivas, todas de cores marcantes e corte imprevisto. Sua grande paixão eram os sapatos: tinha-os de bico fino, chato, arredondado, sola simples, sola dupla, mocassins, de abotoar, de zíper, bicolores, lisos, crespos, trançados, curvados para cima e abotinados. Apreciava ainda lenços no pescoço (Calle Florida, Buenos Aires), objetos de couro, e era indubitavelmente o bípede implume mais perfumado que minhas narinas registraram. Mais vaidoso que qualquer bailarina, cuidava da aparência parte de seu tempo e refletir-se no espelho era seu mais sadio entretenimento.

Como pretendia conhecê-lo melhor, colhi informações a seu respeito entre os serviçais:

AURORA: Acho seu Duílio bom homem, mas um tanto misterioso.

DURVALINA: Ele paga os estudos de meus três filhos.

MAGALI: Se é verdade que anda perdendo dinheiro na fábrica, por que esbanja uma fortuna todos os meses?

CÉLIA: No escritório, ele tem uma gaveta com aqueles ferros que se põe na mão pra dar soco. (Soco-inglês?) Acho que é.

GINO: O senhor Paleardi é um santo. Mas não se pode ser santo 24 horas por dia.

RANULFO: Ele faz cada farra quando a mulher dele viaja!

BENTO: Aumenta o ordenado da gente duas vezes por ano.

OMAR: Se não fosse aquele terço que ele tem, diria que é um mafioso.

LUCÉLIA: Ele é bom, mas não gosto daquele pessoal que traz aqui pra casa. As tais reuniões mensais... Um deles passou a mão em minha bun... (Reuniões?) Sim, uns dez ou doze caras que ficam lá no escritório. Vendem alguma coisa pra ele. Um dia pintou um marinheiro estrangeiro. (Nas reuniões?) Não, não foi. Nunca vi seu Duílio tão nervoso. Ameaçou o cara. Disse que, se voltasse, mandaria os cães estraçalharem ele. (E ele voltou?) Voltou, voltou. Trazendo uma espécie de boneco. (Boneco?) Sim, e seu Duílio não chamou a cachorrada, não. Abraçou o marinheiro e depois deu um maço de notas pra ele.

Além dessas impressões e flashes, obtive alguns dados biográficos de Duílio, da boca do mordomo, amolecida pelo vinho, num sábado depois do almoço. Nascera no sul da Itália, filho dum garçom, depois gerente dum tradicional restaurante de Cortina d'Ampezzo. Nunca soube quem foi sua mãe; parece que realmente nunca teve mãe, fato raro, mas não impossível. Muito jovem, entusiasmou-se pelo fascismo (Duce, Duce *per me*), vestiu uma camisa negra e participou, no início da guerra, da campanha da África, como simples raso das tropas de Graziani. Recusando-se a ser uma exceção, foi um mau soldado, fácil presa para o VIII Exército, em Bengasi, de lá remetido como prisioneiro à Inglaterra. No campo, foi chefe de cantina, como prêmio de boa conduta, onde, segundo dizia, aprendeu muita coisa sem jamais explicar o quê. Terminada a guerra, não quis mais saber da Europa: foi para a Argentina. Ushuaia, viveu no Uruguai, donde (Ranulfo é quem disse) teria sido expulso, fixando-se depois em Santos.

– Mas como ficou rico?

– Sorte.

– Sorte é ganhar na loteria. Ganhou?

– Bem, não quero mais vinho. E é bom você também não beber mais.

14 – A senhora Paleardi

Chamava-se Alba e não era a primeira senhora Paleardi. A primeira fora das vacas magras, ainda na fase santista, quando necessitava de estímulos exteriores e de mulheres que cozinhassem bem. Parece que o patrão trabalhava em joalheria nessa ocasião, mas eu não soube mais que isso. Alba, a segunda, certamente tinha a pele mais lisa que a antecessora e lidava melhor com talheres. Disse o Gino que fora cantora de óperas, o que sua voz, sempre ao alcance da última fila, fazia crer. Como o rico amásio, era italiana, embora já diluíra o sotaque com champanha e vinhos da melhor qualidade. Depois de revê-la algumas vezes, principalmente na piscina, concluí que se aproximava mais dos cinquenta que dos 35 da impressão inicial. Era desportista: nadava, bicicletava, frequentava as barras, recebia duas vezes por semana uma alemã massagista, mas todo esse cuidado com a carcaça, essa batalha cotidiana, não a salvou daquilo que os psicanalistas chamam "crise existencial". Quando a conheci, ela se encontrava no centro dessa crise, apesar de camuflá-la com galhos de árvore e tecidos da cor da pele.

– Raul, leve-me ao médico.

– A senhora está doente? – nós, no carro.

– Estou ótima. E não vá dizer ao seu Duílio que fui ao médico.

Eu a aguardava dentro do carro, rádio ligado, numa gélida garagem de edifício. Mas, como demorava demais, permitiu que subisse à sala de espera do psicólogo. À hora marcada, via-a entrar no consultório sempre com o mesmo grupo: um jovem cabeludo com bronca do mundo, uma senhora tão branca e trêmula que devia morar num refrigerador Brastemp, um cinquentão homossexual depressivo e um casal de estudantes, talvez namorados, ele, desligado no ar, ela, desligada na terra. Se ficava sozinho na sala, levantava e encostava meu sensível ouvido direito à porta, intrigado e atraído por um vozerio. Certamente ignorava todas as práticas da psicologia-psicanálise. Nem desconfiava do que o heterogêneo grupo fazia lá dentro.

Certa tarde, o vozerio definiu-se numa discussão das mais calorosas e agressivas. Os clientes (juro) trocavam-se os maiores insultos e alguns palavrões com ódio e eco. Por que o diabo do médico não intervinha? "A senhora é uma puta enrustida", "bicha velha", "fumo maconha e cheiro cocaína, sim, e ninguém tem nada com isso", "você quer é trepar com o psicólogo", "seu caso é pau, minha senhora". Corri à procura da recepcionista. Como já teria ido embora, resolvi invadir o consultório, quando a porta se abriu e todos os clientes saíram alegres e pacificados, dois deles grudados nos braços do psicólogo, este num momento de realização profissional:

– Hoje esteve ótimo! – dizia ele. – Vocês se portaram muito bem. Assim é que deve ser. Bonito trabalho. Parabéns a todos.

Partindo da observação de que eu era excelente esperador e melhor piloto, quando necessitava voar, madame Alba simpatizou comigo e passou a levar-me como companhia aos desfiles vespertinos de moda feminina. Era para mim um entretenimento de alto gabarito. As tridimensionais manecas atraíam-me bastante com seus passos e voleios e, principalmente, com aquele jeito sensual de parar com as pernas abertas, comprovando a maleabilidade do tecido e a técnica da tesoura. Em pouco tempo conheci de nome e estampa todas as profissionais e, quando ocupávamos as primeiras filas, sorria para elas como se pudesse influir na escolha da patroa. Colocando a modéstia no cabide, revelo que algumas daquelas moças, entre elas Darcy Anita, Coca e Tina, sempre que dava ângulo, correspondiam aos meus sorrisos, nos seus vaivéns na passarela. Cheguei a crer que se exibiam mais para meu quepe do que para as prováveis compradoras, repetindo com maior insistência os lances de braços e pernas, os giros de cintura, as paradas, que extraíam de mim as mais sensuais aprovações.

Madame Alba, perceptiva, logo sintonizou meu flerte com as manecas. E deve ter-se surpreendido ao notar que as profissionais da elegância, apesar da abusiva iluminação, rebatiam com sorrisos meus olhares maliciosos. Não digo que se tenha enciumado, mas não lhe agradou essa transa do espectador com todo um elenco. Na tarde em que me excedi um pouco mais, fechou a cara:

– Acho essas manecas um tanto sem graça – disse-me no carro.

– Era o que eu ia dizer, madame.

15 – O marionete assassinado

A patroa sofrera uma de suas frequentes perturbações, nova crise existencial ou simples alergia, e não podendo ir à loja me pediu para buscar um vestido que precisara de acertos. Era a oportunidade ansiada e recebida, aliás, com aparente enfado.

E como era ainda cedo para a loja e precisava dum trapo de flanela para limpar os para-brisas dos carros, fui procurá-lo no galpão. O que era aquilo, naquele velho armário? Uma mancha colorida que me pareceu curiosa miniatura humana. Um marionete, fantoche, boneco de engonço, ou sei lá o quê, de uns oitenta centímetros de comprimento, com suas tripas de algodão à mostra, em toda a extensão da barriga, como se tivesse sido assassinado ou cometido haraquiri. Retirei o boneco do armário e examinei-o, logo com um sorriso. Sabem quem era? Carmen Miranda! Esquecendo a flanela, ergui-o à altura dos olhos. O vestido, o turbante e os balangandãs da famosa *show woman*, o rosto bem esculpido (em coco?) na perfeita genética cênica, e que ainda mantinha a expansiva alegria, não de todo roída pelas traças.

Vamos cantar o chica-chica-bum-chic
Vamos dançar o chica-chica-bum-chic
Chica-chica-bum
Chica-chica-bum
Chica-chica-bum

Dançando com Carmen nos braços, fui me aproximando da porta, com saudade dos tempos em que a capital do Brasil era Buenos Aires e que todos usávamos sombrero. *Old times, old friends, old nights!*

Chica-chica-bum
Chica-chica-bum

– Deixe isso aí, Raul!

Gino tomou-me o marionete e dirigiu-se à casa-grande sem olhar para trás, mas o acompanhei. Diante da porta da Mansione, estremeceu ao ver Duílio, que o observava com sua carga. O besouro baixou as antenas até o chão, como se tivesse cometido um pecado em guardar tão levianamente aquela preciosidade, deu explicações, pediu desculpas, tornou a pedi-las e entrou com o fantoche – agora tinha certeza – assassinado.

Voltei ao galpão para apanhar a flanela, encontrei-a, e depois fui à garagem pegar o Alfa. Não vi ninguém nesse espaço de tempo, mas senti que era visto e observado por Paleardi. No galpão, tocara em algum segredo, sujara os dedos na poeira de algum mistério, porém não sabia que ou qual.

16 – O motorista e a maneca

Ao entrar na loja, não me apressei em apanhar o pacote de madame: penetrei no salão de desfiles e fiquei de pé à porta, vendo algumas manecas a exibir os últimos modelos do quase inexistente verão paulistano. Quando percebi que era a hora e vez de Tina – a mais abordável –, fui sentar-me na poltrona costumeira, naturalmente sem o quepe e sem madame.

A contorcionista do *prêt-à-porter*, vendo-me só, solto e sorridente, sofreu o impacto da novidade visual a ponto de pisar em falso e dar susto no pianista que dorémifasolava "Tea for two". No fotograma seguinte, refeita da surpresa, e já de acordo com o anônimo mago do piano, olhou para mim e separou, ritmicamente, os dedos da mão esquerda numa forma sofisticada e autografada de adeus. Entendendo que ela se despedia da ribalta, saí da plateia e, sem pedir licença a ninguém, invadi a ala dos camarins, onde as manecas circulavam e trocavam de roupa, auxiliadas por camareiras.

– Olá!

– (Voltei-me com meu "olá" pronto.)

– Procurando por mim?

– Estava.

– E madame Paleardi?

– Doente. Vim buscar o vestido.

Tina fez-me esperar e depois regressou com sua roupa verdadeira, a do próprio guarda-roupa, sem efeitos luminosos ou musicais, e trazendo o pacote de madame. Vista assim, sem luxo nem trucagem, maquiagem atenuada, perdia parte do brilho e hipnose, mas para um fugitivo de Sobibor continuava ótima.

— Está com o carro?

— No estacionamento.

— Podia me levar ao meu apartamento? É no viaduto.

Foi durante o breve trajeto, da loja ao apartamento da maneca, que percebi ter perdido em São Paulo uma parcela do meu desembaraço com o sexo oposto: não encontrava o que dizer a Tina.

— Dona Alba é muito boa — disse a maneca, pondo a bola em campo.

— Excelente criatura.

— Você é carioca?

— Sou.

— Morei alguns anos no Rio.

— Onde?

— Urca.

Essa troca de informações de nada adiantava: não nos aproximava nem bastava para aquecê-la. Seu indicador muito comprido apontou um edifício, onde terminaria a viagem e as minhas esperanças.

— Bem, moro aí.

— Em que andar?

— Quinto.

— (Pausa) Sozinha?

— No momento...

Tina abriu a porta do carro:

— A gente se vê.

Deixei meus reflexos participarem:

— Dificilmente haverá outro dia, Tina. Estaciono o carro e volto.

— Mas nem bebida eu tenho.

— Não faz mal, só queria estar meia hora com você.

— O que dirá à madame Alba, se chegar atrasado?

— Que houve um problema com o carro.

Ela considerou, hesitou, resistiu:

— Fica feio pra mim entrar acompanhada.

— A gente não vai entrar junto. Que número é?

— Não dá pra adiar?

— Tânia...

— Meu nome é Tina.

— Entre, volto em cinco minutos.

— Não vai dar. Estou muito cansada. Obrigada pela condução. E diga à dona Alba que o vestido agora está bem justinho.

– Meu nome é Raul – informei, como se isso tivesse alguma importância ou bastasse para seduzi-la.

– Raul. Não vou esquecer.

Tina bateu a porta com a secura dum ponto-final. Pus o Alfa em movimento, sentindo a rejeição de certa manhã de dezembro, na infância, quando um Papai Noel assalariado (ou era o próprio?) passou pela minha casa com seu saco de brinquedos às costas e não entrou. Então ela quisera apenas uma carona! Não pensara em mim, mas no aumento da bandeirada e do quilômetro rodado. "Diga à dona Alba que o vestido agora está bem justinho." Fizera de mim um office boy sobre rodas.

Vi o terreno do estacionamento. Tinha vagas. Meu sexo girou a direção à esquerda. A ação antes da decisão. Voltei a pé ao prédio de Tina com o embrulho da patroa.

Na portaria:

– Que número é o apartamento da senhorita Tina?

– 501.

Só no elevador me dei conta de que agia ousadamente, o que talvez desagradasse à maneca e pusesse meu emprego em risco. Reafirmo aqui que gostava de trabalhar para os Paleardi e não pretendia voltar ao SÃO PAULO À NOITE ou às aulas de natação ao paraplégico rico. Apesar dessa ponderação, lá estava eu no elevador, depois no corredor do quinto e em seguida apertando a campainha do 501.

A própria Tina abriu a porta. Felizmente, não tinha empregada.

– Você?

– Tina...

– Não devia ter vindo.

– Tem razão. Não devia ter vindo. (Pausa) Em que rua morou na Urca?

O apartamento de Tina era um ovo. Mas um ovo ao qual não faltava nenhum equipamento produtor de conforto, inclusive ar-condicionado. Vi um carrinho-bar, que mostrava sedutores rótulos escoceses (Viram, mentira!). O espaço era todo ocupado por poltronas, banquetas, almofadas e almofadões atirados ao chão, o aconchego correto para encontros sexuais breves e ardentes, intensos e descompromissados. Era excitante, afianço-lhes.

Mas Tina, não à vontade, fingia surpresa por ainda ter bebida no bar, enquanto me servia uísque e comentava sem criatividade o boletim meteorológico da tarde.

– Está um pouco quente, talvez chova – concordei, pouco me importando se um novo dilúvio inundasse o mundo. – Gostei do apartamento.

– É pequeno demais.

– Onde você dorme?

– Aquilo é uma cama de armar – disse, apontando uma caixa de mágico pendurada rente ao teto.

– Não vai beber comigo?

– Uma dose.

Cada um com seu copo, sentamo-nos bem acomodados, mas sem assunto. Parece que Tina desejava mesmo que minha atrevida visita caísse no vazio e eu me retirasse assim que acabasse o uísque. Depois do arrojo descrito, comecei a temer o fracasso. Receava que meu uniforme de motorista tornasse sem sedução minha admirável pele de *latin lover*.

Para prolongar a permanência naquela intimista kitch, levantei-me e servi-me da segunda dose. Queria que Tina sentisse minha intenção de não me retirar antes que ela baixasse a guarda. Eu exigia um tratamento mais social e menos formal. Ia forçar a barra, quando o telefone tocou. Teve início uma fase da mais autêntica tortura chinesa:

Tina – (Ao telefone) Blá-blá-blá-blá-blá-blá-blá.

A outra – Blá-blá-blá-blá-blá-blá-blá-blá.

Tina – Blá-blá-blá-blá-blá-blá-blá-blá-blá.

Inquieto, com dor no estômago, dei um giro dentro do ovo. Ao lado da janela, sobre o viaduto, estava aberto o guarda-roupa da maneca com uma tonelada de panos coloridos. E, entre eles, dois trapos cujo desenho é de incomparável atração para o sexo masculino. Fitei-os com o mesmo interesse com que os turistas curtem pela primeira vez o Pão de Açúcar. Toquei, alisei, apertei os ditos trapos, como para avaliar a contextura do tecido e, então, meus dedos, adquirindo vida independente, alheios à programação cerebral, foram libertando das casas os botões metálicos do paletó do meu uniforme. Tina, debruçada sobre o telefone, não me via, e sem me preocupar com a posição e alcance dos seus olhos, permiti que os dez dedos prosseguissem na tarefa que espontaneamente haviam iniciado. Quando dei com o espelho, percebi que havia na kitch um homem em cueca, com minha mesma cara, um estranho gêmeo ou sósia, cujos atos eu não saberia controlar. Aí, o outro, meu desdobramento, deu uns passos e, como abominável faquir de passarela, foi colocar-se diante de Tina.

A moça, ao telefone, ao ver-me assim, ficou pasmada e arregalou os olhos, como se um avestruz tivesse penetrado pela janela. Depois, salivando, disse em tom de vitrola que a falta de força desafinasse:

– Depoiiis euuuuu telefooooooono.

– Você tinha razão – disse. – O calor está mesmo insuportável.

Tina levantou-se em *slow motion* e, no lugar de me apontar a porta do apartamento, como qualquer moça direita faria, sorriu por compressão do lábio superior e começou a despir-se. Como mero espectador, vi a estrela do *prêt-à-porter* arrancar tudo, até sapatos e meias, postando-se à minha frente.

A câmera nº 1 fixou-se em mim, que fui me movendo no pequeno cenário até ficar a onze milímetros de Tina. Abracei-a, num corpo a corpo, e iniciei uma sequência de beijos no pescoço, rosto e boca com veemência, mas sem quebra de ritmo. Pensei que o destino era o sofá, porém, a maneca, como se ouvisse acordes do piano e estivesse no horário de trabalho, passou a andar pelo pequeno espaço disponível, entre pufes, banquetas, almofadas e almofadões, sem pisar em nenhum. Parecia estar prestando o exame final numa escola de guias para cegos.

Sem saber por que motivo ou razão mais profunda, enfiei o quepe na cabeça, sentei-me num pufe e fiquei humildemente a olhar a jovem da passarela – que, agora, nua!, repetia todos os passos e lances que executava no palco da loja. Parece que ambos materializávamos um sonho. Eu, quando ia com a patroa e imaginava as manecas sem roupa, e ela, que agora se exibia, como sempre desejara naquelas ocasiões, para o único homem da plateia.

Tudo aquilo era muito interessante (um pouco ridículo por causa do homem nu de boné) e poderia prolongar-se por muito tempo, se eu não tivesse obrigações. Levantei-me e fiz a pueril criatura deitar sobre os almofadões. Fui em cima, comecei a operar, meio descontrolado, quando algo me fez interromper a ação.

– O que foi?

Ocasionalmente, meus olhos deram com uma boneca no chão (baiana?) que por alguns instantes me lembrou o fantoche assassinado do galpão.

– Nada.

– Raul, Raul, Raul...

Continuei, embora misturando o prazer da carne com o estranho sabor daquele enigma de pano.

17 – Os olhos prescientes de madame

Voltei à Mansione e entrei na casa-grande com o embrulho. Sabia que tardara, mas agia como se não. Preferia entregar o vestido à primeira serviçal que aparecesse, porém topei com madame como uma enorme bolha branca que boiasse no living. Nunca a vira de camisola, seu uniforme das crises existenciais mais agudas.

– O vestido, madame.

Ela não se apressou a apanhá-lo:

– Por que demorou?

– Por que demorei? O carro. Afogou várias vezes. Mas nada sério.

Então me olhou como se fosse o maior dos mentirosos:

– Ah, sim?

– Boa noite! – retirando-me.

Seus olhos me seguraram pela gola:

– Falou com a dona?

– Nem a vi.

– Quem o atendeu?

– Uma das moças.

– Qual?

– Não lembro o nome, madame.

– Coca ou Tina?

– Francamente, não sei.

– Tina é a morena.

– Pode ter sido essa.

– Tina...

Muito antes de chegar à senzala, feliz com a compensadora aventura da tarde, ocorreu-me que os olhos prescientes de madame, sua iniludível suspeita, sua reservada malícia, talvez, significassem algum ciúme do motorista. Roguei aos céus que não. Já me fartava o procedimento possessivo de Lucélia, capaz de me causar sérias complicações dentro e fora do bangalô.

Mas o dia não terminara.

18 – Essa erótica classe "C"!

Àquela mesma noite, depois de nos reunirmos para ver televisão colorida, sofri nova agressão sexual. Já contava com isso. Lucélia, em vez de fixar os olhos nos belos galãs do vídeo, preferiu trançar olhares comigo. Eu pouco correspondia, fazendo um mental flashback de tudo que ocorrera naquela dourada tarde na kitch de Tina. E ainda lhe conservava o perfume (seria gardênia, como selecionam os boleros?) que persistia em minhas roupas e narinas, conservando a atmosfera da tarde inesperada.

Lá pelas onze, já em meu quarto, ouvi três pancadinhas na porta: era a empregadinha.

– Vim dormir com você.

– É a Célia?

– Não aguentei, contei pra ela.

– Mas ela vai espalhar!

– Não espalha, conheço seus podres.

– Fez mal, Lucélia.

A serviçal colou-se em mim:

– Você, hein?

– Eu o quê?

A malícia, a dúvida, a angústia:

– O que você tem com a patroa?

– Eu?

– Você demorou pra cachorro.

– Fui fazer um serviço pra ela.

A origem da suspeita:

– Dona Alba esteve aqui duas vezes.

– ?

– Procurando você. Ela nunca fez isso. Desde que trabalho aqui, ainda não tinha vindo ao bangalô.

A informação fortalecia minha impressão:

– Pode ter pensado que fugi com o vestido.

– Vestido? Tem mil.

Tentei empurrá-la para a porta:

– Volte para o quarto.

– Não, vou ficar. Antes de amanhecer, eu saio.

Não era na voz do povo que eu pensava, mas nos condenáveis excessos sexuais. Martinho Lutero aconselhara duas vezes por semana, não duas vezes por dia. Este último conselho, talvez, seria de Hahnemann, o homeopata?

– Deixemos pra amanhã.

Lucélia usou comigo o mesmo truque-impacto que eu usara com a maneca: tirou toda a roupa e largou-se na cama. Como se fosse um comercial ao vivo do mel de abelha-rainha, deitei-me com ela.

Depois, o papo no escuro.

– Você está perfumado. Isso é perfume de mulher.

Desconversei:

– A patroa gastou um dinheirão naquele vestido.

– Vai ver que vai estrear uma joia com ele.

– Ela tem muitas joias?

– Aquela verde vale duzentos mil.

– Duzentos?

– Mas a grandona, a azul, aquela que põe nas festas, disse o Gino que deve valer milhões.

– A azul?

– Já viu?

– Ainda não.

Acendi um cigarro, pensando. Como se sentisse o frio da Sibéria, Lucélia encostava-se em mim. Começou a falar da famulagem e do seu desejo de casar um dia, deixar a Palhoça, ter filhos, coisas assim.

– Hoje vi o boneco – disse-lhe.

– Que boneco?

– Aquele que o marinheiro trouxe. É a Carmen Miranda. Estava no galpão, no armário, rasgada. Gino me tirou ela das mãos. Se tem algum valor estimativo para eles, por que o jogaram lá? Sabe explicar isso?

Não explicou isso nem nada: estava dormindo.

19 – O milionário desempregado

Oito semanas depois de ter-me agregado aos Paleardi, deixei de levar seu Duílio ao Centro, como fazia todas as manhãs. Da última vez que o fiz, na ida e na volta, tive a impressão de estar acompanhando um funeral, a triste morte duma garotinha num tanque de patos, tão sombrias eram a fisionomia e as maneiras do patrão. Senti que algo de terrível lhe acontecia, expressão que já reconhecera em mim mesmo – no espelho – quando perdia um emprego. Na volta, pediu-me que abrisse o bar do Mercedão e lhe servisse um conhaque duplo. Três semáforos além, renovou a dose.

No mesmo dia, tendo de ir à casa-grande, passei pela sala dos troféus e, sem ser visto ou pressentido, ouvi a patroa chorar e o patrão investir contra ela e o mundo:

– Não há nada mais inútil na vida do que a honestidade. Concorda, agora?

A primeira oração, isolada, tem um acento shakespeariano e não compromete tanto a quem a pronuncia. Porém o "concorda, agora?" revelava uma convicção tardia e pecaminosa. Queria dizer que ele e Alba haviam discordado no passado, brigando provavelmente à italiana, e ela o dobrara? Mas o tempo, o grande mestre, provara que a razão, como sempre, cabia ao macho. Concorda, agora?

– E vai voltar a fazer... aquilo?

Gargalhada (sardônica?).

– Mas nunca deixei de fazer!

– O que está dizendo?

– Jamais trocaria o certo pelo incerto!

– Quer dizer que nesse tempo todo...

Restos da gargalhada já referida.

– Como industrial, só fiz uma bela figura, mas não ganhava dinheiro. Era para satisfazer a sua vaidade!

– Minha vaidade?

– Sempre quis que eu pertencesse à alta sociedade. Como se não bastasse ter dinheiro!

– O que eu queria era uma vida digna!

– Também por vaidade!

– E dormir em paz.

– Eu durmo em paz.

Aqui houve uma pausa. Dei um passos, parando na extremidade dum corredor. Deveria afastar-me, mas o enredo me agradava.

– Então não vai mais se dedicar à indústria?

– Que indústria?

– Qualquer indústria ou negócio.

– Vou me concentrar no MEU negócio! Não esqueça que foi ele que nos deu tudo. Ou você achava melhor cantar na Rádio Gazeta?

Aí Pirandello escreveu uma ceninha muito cruel, em que Duílio imitou a mulher cantando um trecho de ópera, dando mais peso ao grotesco. Era para ridicularizar a pobre senhora tão carente de respeitabilidade.

– Pare com isso, pare!

O verdugo cantante não parava, cacarejando uma ária macarrônica de Rossini.

Como detesto ouvir conversas particulares que não me dizem respeito, voltei à senzala – dez minutos depois.

No dia seguinte, enquanto jogava no galpão uma partida de sinuca com Gino, o vice-patrão, perguntei-lhe o que acontecia com o senhor Paleardi.

– O patrão foi roubado – explicou Gino com a maior lástima. – Perdeu o controle acionário da empresa, ficou em minoria e foi forçado a vender as ações.

– Isso é mau?

– Para o orgulho dum industrial, é. Sua vez, Raul.

– Só para o orgulho?

– Bem, ele teria dinheiro para viver sem trabalhar o resto da vida, se se conformasse com pouco.

– Compreendo.

– Pode imaginar Duílio Paleardi morando num apartamento de três peças?

– Não posso.

– Nem ele.

Estava explicado: Duílio Paleardi comparecera ao seu próprio funeral. Como eu, quando motorista das escolinhas, levara o bilhete azul. Mas o golpe parece que atingiu mais a patroa. Uma semana depois, voltou a frequentar a piscina, o paredão de tênis, as barras fixas. Então, começou a telefonar, telefonar, telefonar. E recebeu a visita do (marinheiro) homem da tatuagem.

37

20 – O homem da tatuagem?

Não ainda.

É mais urgente contar que, depois da venda compulsória das ações do marido, madame Alba voltou à psicanálise de grupo e ao psicodrama. Como das vezes anteriores, coube-me esperá-la na sala, para depois ter o prazer de vê-la sair do consultório tão aliviada como se egressa dum banho turco. O tratamento fazia-lhe bem, embora temporariamente e quase sempre temporariamente demais. Acontecia ter recaídas, novas crises existenciais no mesmo dia da visita ao consultório. Mas a culpa não cabia – eu concluí – ao seu mentor, mas às suas horas incontentáveis de ócio, quando, diante do espelho, constatava seu progressivo envelhecimento.

A dica de Lucélia:

– Acho que conhece todos os poros de seu corpo, coitada!

Esse sentimento que a empregadinha nutria pela patroa, essa falsa comiseração dos pobres pelos ricos, logo, porém, se esvaiu: Lucélia odiou-a mais tarde, e tive algo a ver com isso, infelizmente.

Numa tarde em que a trazia de volta do psicodrama, madame me disse em tom de franca revolta:

– Estou cansada de atender a telefonemas daquela moça.

– Que moça, madame?

– A tal Tina. O que ela pensa que você é, o dono da casa?

– Lamento, madame, ignorava.

– O que houve entre vocês?

Era obrigado a responder? Pareceu-me que sim:

– Não houve nada.

– Então, por que ela está tão desesperada?

Apesar dos riscos da situação, alegrou-me saber que Tina estava "tão desesperada".

– Não sei, madame.

Uma desesperada e outra, enciumada.

Precisava ver Tina ao menos mais uma vez e o jeito de consegui-lo estimulou-me a imaginação. Não era fácil, garanto, pois de hora em hora era chamado para conduzir alguém de automóvel. A oportunidade de ouro, porém, acabou chegando. A luminária do terraço perdera uma das hastes, e como Gino andava mancando duma perna (era ciático), ofereci-me para procurar outra numa das muitas lojas especializadas da cidade.

Dirigindo como um ás do volante, marcando novos recordes de velocidade, embora não homologados, parei numa casa indicada por Lucélia, encontrei um irmã gêmea da luminária quebrada, rumei para o viaduto, estacionei o carro e toquei insistentemente a campainha do apartamento-ovo de Tina.

Esqueci de dizer que isso aconteceu pela manhã, parte do dia geralmente desconhecida pelas moças de vida independente. Por isso, tive de esperar cinco minutos e quase fraturar o dedo antes que a sonolenta maneca me abrisse a porta.

– Sou eu, Raul...

Ela, num pijama:

– Tou morta de sono.

– Mas só pode ser agora.

– Oh, não, preciso voltar para a cama!

– Mas para onde pensa que quero ir?

Só quando atingiu o clímax do gozo, Tina acordou realmente. Então, com suas pernas longas, deu-me uma tesoura, como uma faixa-preta sexual, e prendeu-me mais meia hora junto a seu corpo. Aí, disse que me amava e que gostaria de viver comigo. Respondi que teria de arranjar novo emprego. Pediu-me, implorou-me que o fizesse o mais cedo possível. Houve um segundo ato, naturalmente mais comprido, e depois, ainda nua, foi preparar-me um café.

– Estava falando a sério?

– Quando?

– Quando disse que quer viver comigo.

– Tome, está quentinho.

– Estava?

– Claro.

– Então, vou tratar disso.

Ela, interrompendo um gole:

– Disso o quê?

Seria apenas paixonite urinológica matutina? Um grande amor que termina no vaso sanitário? Amor de bexiga, não do coração?

– Do meu novo emprego.

– Ah, sim, trate.

Quando voltei à Mansione, eu estava decidido: abandonaria a colorida Palhoça para morar no ovo de Tina, talvez travestido em manequim masculino, como já o fora no Rio. Outro capítulo de minha vida ia ser escrito, mas só depois notei que a caligrafia não era minha: era do destino.

21 – Escalado para o psicodrama

A crescente neurose de madame Alba atingia também as pessoas que a rodeavam, por isso ninguém a rodeava. Sua maior convivência era com o paciente motorista, a quem passou a escalar em seus psicodramas.

Aquele inquérito ciumento – lembram? – repetiu-se outras vezes no mesmo tom frio e acusativo. Mas não eram, entendam, confissões de amor, fraquezas duma mente enferma, mágoas dum coração solitário: ela apenas se insurgia contra a quebra do regulamento dos serviçais:

– Certo, mas essa moça não trabalha conosco.

– Mas é uma pessoa que me presta serviços. Parte do seu ganho sai de minha bolsa. Isso pode me trazer complicações com a dona da loja.

– Não tenho culpa se essa pobre moça...

– Falarei com dona Wilma.

– Quem é dona Wilma?

– A proprietária.

Lucélia, com a malícia característica dos pobres, enquanto me abraçava na senzala, muitas vezes substituía o ardor sexual pelo ciúme da patroa. Sua óptica lhe dizia que madame Alba estava mortalmente apaixonada por mim, observação (revelou) endossada por Célia, Magali e Durvalina. O motorista que me antecedera não era convocado com tanta frequência e ela – tantas vezes repetido no meu caso – nunca o procurara no bangalô.

– Por falar no outro motorista, quem atirou nele?

– Foi em Santos, perto do cais.

– Quem?

– Não sei.

– Morreu?

– Não.

– Então, por que não voltou ao trabalho? Por quê?

– Sim, por quê?

– Sei lá! Era português, voltou pra Portugal. O patrão ajudou. Mas que importa? Estávamos falando de dona Alba.

– Eu não estava falando dela.

– Impossível que não percebeu que ela está apaixonada.

– Não percebi.

– E se ela obrigar você a... O que fará?

Não respondi nada, mas a ou as perguntas me ficaram na cabeça. Bem, se ela me obrigasse, seria obrigado a atendê-la, principalmente dentro do horário de trabalho. Já dormira com mulheres mais idosas, mais feias, e que não desfrutavam de sedutora posição financeira. Certa vez, a faxineira dum hotel do Catete... Ah, para que lembrar coisas que não dignificam a criatura humana e dão azo à maledicência?

– O que você fará?

Respondi, e o fiz espetando uma lança no coração da arguinte:

– Abandono o emprego.

22 – Agora, o homem da tatuagem

Ranulfo estava de folga e Lucélia fora chamada para levar dois gins à piscina, onde o patrão recebia um amigo. Minutos depois ela me procurava no galpão e, um tanto alvoroçada, foi dizendo:

– Aquele homem está aí.

– Que homem?

– O marinheiro do boneco. Com o patrão. Na piscina.

Curioso, fui até lá como quem não quer nada, e parando a vinte metros de distância, vi, sentado, ao lado de seu Duílio, em mangas de camisa, um homem duns quarenta anos, muito alto e muito forte, provavelmente estrangeiro, sueco ou norueguês, que ostentava no braço direito, musculoso, uma bailarina tatuada, sensual havaiana sempre pronta a rebolar e exibir as nádegas ao menor movimento registrado em seu habitat.

Ajoelhei, fingindo amarrar os sapatos, mas olhando para a dupla, agora bem próximo das cadeiras, em que se travava uma conversa estritamente particular. No entanto, o vento, o grande indiscreto da ficção policial, trazia algumas palavras em idioma inglês, com sotaque de navio cargueiro, entre elas *beach*, *ship*, *danger*, *waterfront*, *the old man*, e outras que nada informavam. O senhor Paleardi, ex-prisioneiro de guerra na Inglaterra, apanhado sem botas na Cirenaica, também praticava seu *basic english*, e em dado momento pronunciou um nome, Mister Blue, que me pareceu o título duma velha canção vaudevilesca. Mas as expressões de ambos não refletiam nenhum saudosismo lírico e, sim, percalços e temores dum futuro bastante próximo.

Subitamente, o homem da tatuagem, o grosseiro lobo do mar, olhou em minha direção, como se adivinhasse minha curiosidade. Voltei ao bangalô.

– Viu ele? – a Lucélia.

– Vi.

– Sabe que tive de trancar o Alexandre?

– Por quê?

– Começou a rosnar desde que o homem entrou.

Meia hora depois cruzei o jardim, passando novamente diante da piscina. O visitante ainda estava lá, bebendo gim e falando quase no ouvido do patrão, numa desnecessária cautela ao ar livre. Entrei na casa-grande e encontrei madame mais inquieta do que nunca, o que atribuí à presença do proprietário (ou empresário) da havaiana tatuada.

Não foi vago pressentimento nem voo de imaginação. À noite, quando eu passava como uma sombra pelo *living*, ouvi a patroa dizer:

– Você ainda confia nesse homem?

– Preciso dele no exterior.

– Mas ele tentou te enganar uma vez!

– Não, ele tinha perdido o boneco. Bebe demais. Mas trouxe ele de volta, não trouxe?

– Acredita que perdeu ele mesmo?

– Tinha esquecido na casa duma mulher, no cais.

– Algo me diz que ele ainda vai te dar trabalho. Mas nesse dia quero estar bem longe daqui!

O que eram eles? Colecionadores de fantoches? Já conheci uma pessoa que colecionava caixas de fósforo. Mas, na verdade, não tinha agentes no estrangeiro.

23 – Dois no Iglu

Na mesma semana em que recebeu a estranha visita do homem tatuado, o patrão viajou para Santos. Gino mandou-me chamar às pressas, mas, ao ver-me, seu Duílio decidiu com firmeza:

– Você não precisa ir.

– Então eu guio – disse Gino, já abrindo a porta do Mercedes.

– Não, vou sozinho.

Madame, na porta da casa-grande:

– Deixe ele guiar, Duílio.

– Gosto de guiar e estou me sentindo muito bem.

Ela:

– Volta hoje?

Ele:

– Não se preocupe se demorar alguns dias.

Havia algum mistério no ar, uma tensão elétrica que atingia até o mordomo e que deu certa dramaticidade ao ruído de partida do carro, a ponto de provocar furtivas lágrimas na patroa. Sem ouvir uma única palavra esclarecedora, intuí que o patrão ia ao encontro do (nórdico?) que trouxera o bonifrate (palavra de dicionário), depois assassinado e jogado no galpão.

Pensei que a patroa passaria o resto do dia recolhida em casa, com seus problemas, mas, à tarde, chamou-me para ir ao psicodrama. Mas não fomos ao psicodrama. Levei-a, a seu pedido, a um bar ao ar livre nas imediações do Sumaré. Sentei-me a seu lado, diante de dois copos de laranjada, que ela nem experimentou.

– Preocupada com o patrão? – arrisquei.

– ?

– É um bom homem – minha opinião sincera.

– Você não conhece o Duílio – disse madame, depois de tirar os olhos do fundo do copo. – Nem conhecerá jamais – acrescentou como se a Esfinge estivesse localizada na Calábria e não no Nilo.

– Gosto dele – eu, repetitivo.

– Será que você sabe alguma coisa sobre as pessoas?

– Das pessoas ricas talvez não saiba tudo.

– Duílio é um homem ímpar.

Engraçado, alguém já dissera o mesmo de mim. Decidiriam os deuses no par ou ímpar o destino das pessoas?

– A criadagem o aprecia muito...

Madame não se impressionou com o conceito que os serviçais tinham do marido.

– Para ele, a felicidade consiste em ter cada vez mais. Sejam quais forem os riscos.

Quando madame me pediu que a levasse àquele bar, sempre deserto à tarde, supus que fosse fazer uma confissão de amor. Uma das mamães do pré-primário também me conduzira a um estabelecimento assim ao seduzir-me. Mas a freudiana patroa não estava preocupada comigo.

– Vamos embora.

– Já?

– Agora.

Ainda no automóvel, quando chegávamos à Palhoça Paleardi, informou-me simplesmente:

– Telefonei para dona Wilma e fiz uma reclamação.

– O vestido não ficou bom?

– Reclamei do procedimento de Tina.

Achei o fato tão absurdo, que duvidei do telefonema. Mesmo se verdadeiro, seria ridículo e inútil: a proprietária da loja não despediria uma de suas melhores manecas só porque flertava com o motorista de uma das freguesas. Preferi não replicar à psicoatriz para economizar saliva e porque a minha decisão de abandonar o solar dos Paleardi já fora tomada.

O patrão não voltou à noite, não voltou na manhã seguinte, não voltou no dia depois. No terceiro dia de ausência, madame entrou em crise e precisou segurar-se em alguém. Logo cedo quis dar um longo passeio pela represa. Então, sim, vendo-a pelo retroespelho percebi que não tirava os olhos de mim: só o terrível preconceito social a impedia de declarar-se.

– O que é aquilo? Aquelas cúpulas brancas?

– É o Iglu, um motel.

– Para encontros clandestinos?

– Suponho.

– Nunca fui a um motel. Leve-me.

Sem fazer perguntas nem aparentar espanto, dirigi o carro ao Iglu numa velocidade insuspeita. Na portaria, o encarregado presenciou uma surpresa: o motorista e sua patroa a caminho do pecado. Dei-lhe minha cédula de identidade, sentindo emoções opostas às experimentadas por Humbert Humbert quando levara sua Lolita para a hospedagem dos Caçadores Encantados.

– Chalé nº 5 – informou o porteiro, tentando fixar num relance casual o rosto de minha *nymphet*, enquanto me passava a chave.

Descemos do carro num campo onde havia uma dúzia de brancos iglus e um número pouco maior de árvores anêmicas ali plantadas, em pontos estratégicos, para dificultar o encontro entre casais em trânsito pela área pecaminosa. Mas não tivemos a preocupação de nos esconder, pois apenas diante de um dos chamados chalés havia um velho Itamarati a indicar que ali outro casal se amava no silêncio da manhã.

Somente ao girar a chave é que o britânico motorista estremeceu ligeiramente ao relembrar a escolha dos candidatos no galpão e o exigente crivo seletivo da patroa. Mas encarava a aventura apenas como obrigação profissional, sem nenhuma empolgação, nenhum sentimento azedo de desforra ou vendeta. Desejava que, no lugar de Alba, estivesse com Tina no Iglu.

O chalé, por dentro, era mais cômodo e sofisticado que os construídos pelos esquimós. O teto, abobadado, era uma sugestão sexual de efeito, e a cama, redonda, estimulava posições eróticas das menos convencionais e domésticas. Que diferença daquele adorável ponto de encontro, bolado por arquiteto competente, cônscio de suas responsabilidades decamerônicas com os *rendez-vous* de minha juventude, na Lapa e no Catete, cuja única decoração e requinte eram as tiras de papel enroladas no fio pendente da lâmpada!

– É bonito isto aqui! – exclamou madame. – Já conhecia?

– Não.

– Gosto muito disto! – acrescentou, no mesmo tom turístico e desinibido. – Nunca tive uma cama redonda. Acho que Duílio amaria ver esta. – Sentou-se. – Veja como é fofa.

Sentei-me ao lado.

– É fofa – concordei.

– Não é preciso concordar com tudo, como sempre faz.

– Mas é fofa.

Passado o interesse causado pela novidade do ambiente, dona Alba acendeu um cigarro, o que nunca a vira fazer, e subitamente remoçou, sim, remoçou, numa sequência elegante de lances de dedos e espirais de fumaça. Em seguida, renovada, levantou-se e despiu-se, atirando as peças de roupa sobre uma almofada. Ficou com apenas sutiã e calcinha.

Surpreendido com a sensual maturidade do corpo da patroa e com a graça com que afundou na cama redonda, tirei o quepe, pico simbólico de minha desvantagem social, e fui desabotoando o uniforme.

– O que está fazendo?

– Tirando a roupa.

– Por quê?

– Por quê?

– Vista-se, por favor.

Pensei que brincasse, mas não queria eu de nenhuma forma irritar a psicoatriz. Vesti o paletó, o que permitiu que madame se descontraísse, afundando mais alguns centímetros na cama. Ficou sedutora e magnética. Na verdade, só naquela ocasião, tão especial, olhara para ela com a atenção, a pesquisa e a chama que merecia. Tinha estado cego todas aquelas semanas. A proximidade de Lucélia e a disponibilidade de Tina, o comodismo das sensações periféricas e o respeito às barreiras sociais haviam-me impedido de ver a verdadeira Alba, agora revelada de impacto. Nunca a julgara feia, porém, não reconhecera nela a beldade, um tanto à maneira antiga, lembrando velhas estrelas do cinema italiano, Manganos e Pampaninis, e por isso mesmo ligada a emoções fotossexuais arraigadas e reprimidas. Lucélia, perto dela, era uma gorducha desengonçada, uma empregadinha histérica, abordável em qualquer supermercado, um ser dependente e assustado, e Tina, comparada à patroa, não passava duma magrela com ossos muito salientes no baixo-ventre, a pele prejudicada pela maquiagem excessiva, com um carisma profissional que desaparecia quando se afastava vinte centímetros das luzes da passarela. As duas, somadas, perdiam em beleza e sensualidade para aquela mulher de mais de quarenta anos, cheia, lisa e rósea, que eu contemplava seminua na cama fofa e redonda do Iglu. E o deplorável astigmático (precisava renovar minha carteira de motorista) nada, absolutamente nada vira de tudo.

– Alba, já que viemos aqui...

– Alba? Como se atreve a me chamar assim? – Corrigiu: – Madame Alba.

– Não pretendo perder o respeito. Para mim, será sempre a patroa.

– Ainda bem que não perdeu o juízo – louvou madame, enquanto cruzava e erguia as pernas, possibilitando uma espetacular fotografia de página dupla.

– Não costumo misturar as coisas – argumentei vagamente.

– O que quer dizer isso?

O que eu queria dizer?

– Bem, acho que podemos...

– Continue.

– Podemos nos entreter um pouco nessa cama, sem que eu deixe de respeitá-la. Sou discreto e esqueço qualquer fato que me peçam que esqueça.

Com o cigarro nos lábios, soprou uma interrogação de fumaça:

– Mas que explicação é essa?

Mesmo correndo o perigo de perder meu Fundo de Garantia, resolvi dizer:

– Acho que a senhora não me trouxe aqui apenas para mostrar o corpo. Não pedi para vir, pedi?

– Não, não pediu.

– Então...

Alba procurou desembaraçar-me:

– Por acaso está perturbado?

– Qualquer homem estaria.

– Qualquer? Acha que sim?

– Acho.

– E o que quer que eu faça?

Que raio de comédia era essa?

– Creio que sabe o que deve fazer.

– Não sei.

Explodi:

– Afinal, por que quis vir aqui e por que se desvestiu?

– Não estou totalmente despida.

– Por que, Alba?, madame Alba, desculpe.

A peninsular balzaquiana tinha a resposta:

– Por causa do calor. Não ouviu no rádio? Trinta e nove à sombra.

– Só por isso?

– Há maior razão que essa?

– Mas por que tirar a roupa neste lugar?

– Queria que tirasse no automóvel?

– Mas, neste lugar? Os motéis existem para...

– Queria conhecer um lugar desses. Uma curiosidade muito feminina.

– Comigo?

– Poderia entrar aqui sozinha?

No lugar de responder ou tentar responder-lhe, ajoelhei-me e comecei a beijar-lhe as pernas, subindo, rápido, para as coxas, mas fui obstado por impactuosa joelhada no queixo:

– Pare com isso! Se insistir, toco a campainha.

– Procure entender, madame.

– Porte-se como cavalheiro!

Interrompi os beijos, mas continuei ajoelhado, olhando o seu entre-pernas.

– Pensei que estivesse interessada em mim.

– Interessada? Só porque pedi à dona Wilma que despedisse Tina? Só por isso?

Decidindo apelar para o ridículo, comover pelo grotesco, despertar pena e até um permissivo desprezo, sentei-me à beira da cama chorando – chorando! – com algum talento, embora com poucas lágrimas. Acho que convenci, principalmente ao confessar estar apaixonado desde que a vira no galpão.

– Verdade?

Com a cabeça, dramaticamente:

– Juro, madame, juro.

Passou os dedos em meus cabelos.

– Já que me ama assim, reconheço que é difícil mesmo ficar aí sem me tocar.

Ela reconhecia.

– É duro, madame.

– Acredito.

– Ainda bem que acredita.

– Então, vamos.

Julguei a batalha ganha: então, vamos.

Mas... O que era aquilo? Estava se vestindo!

– Madame...

– Desculpe se o torturei. Não foi minha intenção.

– Madame...

– Quer abotoar aqui?

Abotoei e pedi licença para ir ao banheiro ao lado.

24 – O último tango em São Paulo

Não dormi aquela noite. A comédia surrealista repetia-se em qualquer espaço vazio de meu quarto. E se apagava a luz, piorava: madame tornava-se fosforescente como os ponteiros do relógio. Imaginava como fora aquela madona há quinze anos, quando Duílio Paleardi a conhecera. Primeiro a insônia, depois a decisão: não dormiria.

Acordei cheio de esperanças e fui à casa-grande perguntar se madame precisava de mim. Era paixão, o que me atraía, ou mera fotomontagem de olhos viciosamente voltados para o pecado? Qualquer insatisfação erótica não preenchida por Lucélia e Tina ou a valorização excessiva e imbecil duma mulher rica por um homem pobre?

Mas ela estava lá, no Grande Living, à luz da manhã, largada numa poltrona com o mesmo encanto que eu surpreendera na véspera. Não fora ilusão e, se era, persistia.

– Precisa de mim?

– Sim. Quero jogar pingue-pongue.

Fomos ao galpão, empunhamos as raquetes e durante quarenta minutos praticamos o esporte sem trocar palavras. Supus que escolhera a modalidade para poder olhar-me de frente sem explicar intenções. Na realidade, o inocente jogo de salão era um diálogo rápido e obrigatório, diferente do monólogo neurótico do xadrez. Tudo tinha sentido e leitura: uma raquetada comum, uma bola pingada, uma tirada de quina, um lance alto, um recuo de corpo, uma cortada feroz ou simples pingueponguear ritmado como uma composição de Ernesto Nazareth.

Ao terminar o jogo-diálogo, cansados de abusar de reflexos e expressões corporais, já sabia duma coisa: a patroa usara a bola, a rede e a raquete para escrever na mesa uma mensagem de amor.

O patrão não voltou nem naquele dia. À tarde fomos à represa, onde encostei o carro.

– Entendi tudo o que me disse esta manhã.

– Quando?

– Durante o jogo.

– O que lhe disse eu?

– Que gosta de mim.

Entendam que eu estava no banco da frente. Falava, olhando-a mais pelo retroespelho, uma tira iluminada de seu rosto.

– E é verdade, Raul.

– Pode repetir?

– Não é necessário.

– E o que vamos fazer?

Seu sorriso em close no espelho:

– Não farei nada.

– Sempre se faz alguma coisa quando há amor.

– Nem sempre.

– Mas isso não é normal.

Seus dentes reapareceram no retro: era outro sorriso, mais sábio e maduro.

– O que quero é namorar. O namoro é lindo.

– Em sua idade?

– O sexo mata o amor. Ouviu? O sexo mata o amor. O namoro, ao contrário, o alimenta. É o fermento. Quer ser meu namorado?

– Só isso?

– Mas isso é tudo. Já namorei com homens maravilhosos. Quando o romance acaba, restam doces lembranças. A gente pode revivê-las. O amor sexual, não. Magoa, humilha, deixa cicatrizes e frustrações. Envelhece, ao contrário do namoro, que rejuvenesce. Faz bem para a circulação e a pele.

– E como as coisas são com seu marido?

– Um sórdido amor físico. Horrível! Se quer ser meu namorado, permito. Mas um beijo já é o começo da decepção que um ser humano sempre causa ao outro.

Baixei os olhos, derrotado, sem esperanças. Alba, porém, a namoradinha, continuava lançando olhares românticos ao motorista, que os vidros do Alfa, às vezes, captavam, certa de que poderia jogar comigo à vontade, marionetar-me a seu bel prazer e, quem sabe, um dia, cansada do entretenimento, de minha cara ou do meu jeito de dirigir, apresentar-me-ia a conta com todas as obrigações trabalhistas saldadas. E ao motorista apaixonado caberia então reclamar no sindicato que uma patroa fútil, mas cautelosa, divertira-se com seus sentimentos. Resolvi guardar minha raquete.

Voltei a fixar-me em Tina. Li a seção de "procura-se" de dois jornais. Ia embora.

– Raul.

– Sim?

– Leve essa valise pra dona Alba – era o Gino.

Ao entrar no living, com a valise, vi madame Alba junto aos aparelhos de som, colocando no toca-discos o velho "Tango Valentino", fundo musical do filme que contou a vida de Rodolfo Guglielmi. No mesmo instante, a psicoatriz, que se vestia de branco e trazia no peito a imensa joia azul de milhões, referida por Lucélia, e tinha uma tiara à testa, talvez a mesma que

Pola Negri usava nos seus mudos, fez um sinal-ordem para que a enlaçasse e juntos desafiássemos a discutível Lei da Gravidade. Nunca soube dançar tango, mas já dei muitos passos largos e rápidos para escapar de maridos ciumentos. Como tudo naquele solar era inédito para mim, aceitei o tango como mais uma exigência do vínculo empregatício.

Apenas nos primeiros momentos senti a tensão do embaraço e aprendizado. Em seguida, fui me soltando, como quem aprende a nadar com cinto de cortiça, acompanhando ou conduzindo os passos de madame com parcimoniosa criatividade. Alba, leve, uma bolha de sabão, só tinha de material seu broche azul. Fomos dançando, a circundar o Grande Living em avanços, recuos, giros, meias-voltas, trança-pernas, dobra-costela, e tudo que o tango requer ou exige para seu espetáculo. E foi assim (ou nem assim foi?) que dançamos, e estávamos de rosto colado, quando o bailarino e a bailarina estacaram, como estátuas de sal, olhando fixos para o mesmo ponto.

Como se presenciasse uma erupção do Vesúvio duma frisa do Municipal, lá estava todo o grupo: o bestificado Gino, a envergonhada Magali, a pasmada Durvalina, o acachapado Ranulfo, a insultada Aurora, o irônico Bento, a infelicíssima Lucélia e um mero espectador, Sir Alexandre.

Eu e madame ficamos parados até que a música terminasse. Não houve palmas. O choque prosseguiu até que o destino, com sua velha Kodak, fotografasse o grupo.

Madame:

– Muito obrigada, seu Raul! Sempre quis aprender tango.

Fui o primeiro a deixar o palco: sem correr, a 35 quilômetros por hora, cheguei ao bangalô. Fechei a porta do quarto à chave e comecei a fazer a trouxa.

Batidas nervosas.

– Abra, Raul!

– Não.

Socos.

– Abra.

Abri.

– Então, é amante da patroa?

– Apenas dançávamos, Lucélia.

– Daquele jeito indecente?

– Não tenho culpa se tango é indecente.

Ela olhou a cama, viu as roupas:

– O que está fazendo?

– Vou embora.

– Leve-me com você.

– Não.

Abraço, beijo, lágrimas.

– Por favor, me leve.

– Disse que não.

– Irei com você de qualquer maneira. Vou fazer as malas.

Seria impossível desembaraçar-me dela naquele momento.

– Calma.

– Calma?

– Quero um dia para pensar.

25 – Impacto nº 1

O senhor Duílio voltou de Santos à tarde. Na manhã seguinte pediu-me que o levasse à cidade. Feliz, ria sozinho, que é ainda o melhor sintoma de satisfação plena. Certamente, Gino não bisbilhotara o episódio do tango.

– Me espere meia hora no estacionamento.

Era o que eu queria, estar só. Procurei um telefone público e liguei.

– Tina?

– Raul?

– Raul.

– Em que fria você me meteu!

– Eu?

– Sabe que estou no olho da rua?

– Por quê?

– Sua patroa!

– Ela fez isso?

– Fez, e por sua culpa!

– Tina, eu te amo!

– (Choro)

– Vou pedir demissão hoje. Enfrentaremos o mundo sozinhos!

– Sem dinheiro?

– Não, eu tenho um grande capital, mas não posso falar pelo telefone. Ciao!

Pontualmente, seu Duílio entrou no estacionamento.

– Pra onde?

– Pra Mansione.

Quando já nos aproximávamos do Morumbi, pigarreei, tornei a pigarrear e disse:

– Lamento informar, seu Duílio, mas amanhã largo o emprego.

– Por quê?

– Motivos particulares.

– É uma pena. A senhora Paleardi aprecia muito seus serviços.

– Tive muita satisfação em servi-los.

– Um razoável aumento de salário modificaria sua decisão?

– Volto para o Rio, senhor.

– O Rio é belo – disse vagamente o patrão.

26 – Impacto nº 2

Minha última noite no bangalô do solar não foi agradável. No jantar, toda a famulagem evitava me olhar, com exceção de Lucélia, que ainda não sabia se eu ia ou ficava. Apenas Sir Alexandre foi mais humano comigo, ventilando o ambiente com seu rabo sensível e amigo. Algo muito particular me dizia que aquilo não seria o fim, mas o princípio duma terna amizade.

Na manhã seguinte acordei cedo e pedi a Gino que me trouxesse o cheque de quitação, mas que nada dissesse aos empregados: era para que Lucélia não se agarrasse a mim. Vesti meu blazer e me joguei na cama. Para onde iria? Para o Rio ou para Tina? Tina ou o Rio? Ou levaria Tina ao Rio? Assim: Tina e Rio.

Bateram na porta:

– Gino?

Uma voz desconhecida:

– Não.

Abri a porta. Diante dela estavam dois homens brancos e um mulato, os três de paletó e gravata.

– O senhor é o motorista?

– Era, estou caindo fora.

– Vamos entrar um pouco.

Entraram.

– O que há?

Sem responder, começaram a revistar todo o quarto, inclusive o colchão e minha trouxa, que desfizeram. Seria uma norma usada pelos Paleardi quando algum serviçal se demitia?

– Tire a roupa.

– Afinal, o que procuram?

– Tire.

– Nunca fiz exame médico ao retirar-me dum emprego. No geral, é antes que se faz.

– Tire.

O atraente homem nu postou-se de frente e depois de costas para seu reduzido público. A manhã não é boa para espetáculos do gênero.

– Vista-se.

– Se quiserem olhar mais, podem.

O mulato fez um comentário marginal:

– É do tipo humorista.

Mas por um momento pareceram desorientados. Então um deles tirou um revólver da cintura e me mandou sentar. Os outros saíram.

– O que vão fazer?

– Revistar toda a casa.

– Bem, confesso: fui eu quem roubou o quadro da Mona Lisa.

Não achou graça: mau sinal.

Os dois voltaram, desanimados:

– Nada.

– Se disserem o que procuram, talvez eu possa ajudar.

Os três foram para um canto, confabulando em voz baixa. O mulato acenou:

– Venha conosco.

Levaram-me à garagem. Eu ainda não perdera o bom humor:

– Se procuram minha escova de dentes, não é aí que guardo.

Começou a revista dos carros: a Rural, o Mercedinho, o Mercedão, a Bugatti e, finalmente, o Alfa. A inútil tarefa chegava ao fim, quando o mulato exclamou:

– Achei!

– Onde estava?

– Embaixo do painel, presa com chiclete.

Aí o trio pôde sorrir, aliviado:

– Ia embora, não?

– O que acharam?

O mulato espalmou a mão e mostrou o tal broche azul de Alba, de contornos e filigranas renascentistas.

– Conhece essa joia?

– Conheço. Mas o que fazia aí?

– Vamos, moço.

– Quero falar com a patroa. Me chamem ela!

– Não é hora de acareações!

– Alguém pôs essa joia aí.

– Claro!

Positivamente, não estavam mal-intencionados: um deles me deu um presente, um par de pulseiras, unidas por uma fina corrente, que se ajustaram perfeita e graciosamente aos meus punhos.

À saída, não vi Gino, qualquer empregado nem os patrões.

Apenas o dobermann compareceu para me dizer adeus.

27 – Vislumbra-se mais um erro judiciário

Não amedrontado nem enfurecido, mas profundamente magoado, fui conduzido à sala do delegado. Um funcionário alheado sentou-se diante duma histórica Underwood para datilografar minhas declarações.

O delegado, limpando os óculos com o lenço, foi formulando as perguntas: nome, estado civil, nacionalidade, carteiras e tudo o mais.

– Há quanto tempo trabalhava com os Paleardi?

– Três meses, doutor delegado.

– Como arranjou o emprego?

– Por um anúncio de jornal.

– Já teve passagens pela polícia?

– No Rio, sim. Uma briga na praia. Alguém me confundiu com o amante da mulher.

– Só?

– Parece que tive outra passagem.

– Conte tudo, depois vamos confirmar.

– Foi muito interessante...

– O que foi interessante?

– Um mágico, doutor.

– Que houve com ele?

– Acusou-me de negociar seus segredos profissionais com um concorrente.

– Como soube de seus segredos?

– Ele me confidenciou numa bebedeira na Boate Bolero. Fui à polícia, prestei declarações, o delegado morreu de rir e ficou por isso mesmo.

O delegado paulista fez um comentário cético:

– Não pretendo morrer de rir e deixar por isso mesmo neste caso.

– Vamos então ao que interessa, doutor delegado.

– Você roubou a joia?

– Não, senhor.

– Já tinha visto ela?

– Já, uma vez.

– Como é que ela foi aparecer no painel do carro?

– Esse é um mistério que precisamos elucidar.

– Precisamos?

– Estou disposto a colaborar com a polícia.

O delegado experimentou os óculos: ainda não estavam limpos.

– Se não foi você, que dirigia os carros, quem foi?

– Não sei, mas pode ter sido um dos empregados.

– Vamos levantar os antecedentes de todos e mandar vir sua ficha do Rio.

– Boa providência.

– Aonde você ia quando chegou a polícia?

– Ia embora. Tinha pedido demissão ontem.

– Mudava de emprego?

– O quê?

– Perguntei se ia trabalhar noutro lugar.

– Evidente.

– Onde?

– Não tinha nada em vista.

– Então deixava o emprego mesmo sem ter arranjado outro?

– Pretendia voltar para o Rio.

– Ah, sim? – Abriu a gaveta e entregou-me um cheque. – Isto é seu. Veja se está certo.

Era o cheque de quitação dos Paleardi.

– Correto, doutor. Os Paleardi são muito corretos.

– Pode me dar.

– O quê?

– O cheque. Mas antes assine. Vamos descontar para você.

– Agradeço, doutor. Mas eu mesmo desconto. A agência é na Praça da República. Pertinho.

A informação:

– Você não pode, Carioca. Vai ficar detido.

28 – O segundo dia de interrogatório

Vinte e quatro horas depois voltava à sala do delegado, que consultava papéis sobre a mesa. Sentei-me. Um tira me serviu café. Podia fumar? Podia. Boas perspectivas.

O delegado:

– Nenhum empregado do seu Duílio tem passagem pela polícia.

– Eu tinha certeza disso.

Levantou um papel:

– Sua ficha já veio do Rio.

– Distância não existe hoje em dia, não é?

– O senhor se esqueceu de mencionar outra passagem pela polícia, lá.

– É verdade. Lembrei depois, mas já fora do expediente.

– O que lembrou?

– A ficha fala no taxidermista?

– É, o caso do empalhador.

Comecei a rir:

– Ele me acusou de roubar um jacaré – esclareci no mesmo sorriso. – Deu parte à polícia. Tudo não passou de brincadeira. O que eu faria com um jacaré empalhado?

– Aqui diz que o senhor vendeu – atalhou o delegado.

– Mas isso também fazia parte da brincadeira!

– Vimos sua carteira de trabalho. Em São Paulo também teve um probleminha. Trabalhou no turismo SÃO PAULO À NOITE?

– Trabalhei.

– Aconteceu alguma coisa nesse período?

– Sim, me atraquei com um turista. Depois ele disse que tinha roubado seu dinheiro, mas o dinheiro foi encontrado no chão. A carteira caiu durante a briga.

– Por que se atracou com ele?

– Porque dizia coisas ofensivas ao Exército.

Outro assunto:

– Dona Alba depôs.

– Éramos grandes amigos. Aposto que não crê na minha culpa.

– Não aposte: a acusação partiu dela. E a manteve aqui na delegacia.

– O que ela disse?

– Que lhe tirou o broche sob o pretexto de lhe ensinar a dançar tango.

– Estaria em seu juízo perfeito? Ela bebe muito.

– Garanto que estava.

– Foi ela quem me forçou a dançar.

– Dançaram?

– Dançamos.

– Ela estava com o broche?

– Estava.

– E depois?

– Não sei.

– Os empregados afirmaram que, depois da dança, não tinha mais o broche.

– Cambada!

– Vai confessar?

– Nem no pau de arara.

– Facilitaria tudo.

– Não quero facilidade, quero justiça.

– Tem dinheiro para contratar advogado, não?

– O cheque. Foi descontado?

– Foi.

– Pode me dar?

Lenta sacudida de cabeça:

– Está no cofre.

– Quer dizer...?

– Quer.

29 – O outro lado do paraíso

Dias antes de ser transferido para a Casa de Detenção, onde aguardaria julgamento, escrevi três cartas: para Tina, contando-lhe tudo e pedindo socorro; para madame Alba, implorando-lhe que retirasse a acusação, pois tinha parentes idosos e enfermos que necessitavam de mim; para um advogado, que me indicaram, solicitando-lhe que assumisse minha defesa. Tina e Alba não responderam. O advogado me atendeu prontamente:

– A verdade, toda a verdade, rapaz.

– Não houve roubo, doutor.

– Mas a joia foi encontrada sob o painel do carro.

– Colocaram lá, mas não fui eu.

– Desconfia de alguém?

– Sei quem foi.

– Quem?

– A própria patroa.

– Dona Alba Paleardi?

– Não tenho dúvida.

– Por que faria isso?

Mais um escândalo nos bastidores da sociedade:

– Éramos amantes.

– Vocês?

– Nós.

– Pode provar?

Podia? Podia.

– Vou lhe dar o endereço dum motel. Lá estão anotados meu registro geral e talvez a placa dum Alfa Romeo.

– Isso é muito bom! – exclamou o advogado.

– Eu sei.

– Mas vamos guardar esse trunfo. Sente-se e escreva uma carta ao seu Duílio contando tudo. Tiro um xerox e guardo o original. É melhor assim, para a coisa não feder. Se ele tiver cabeça, retira a queixa.

Dito e feito. Sentei e escrevi vinte linhas, que constituíam uma obra--prima de intriga e xaveco. Terminava dramaticamente: "Quando pedi demissão foi para não macular mais seu honrado nome. Isso me repugnava. Mas madame Alba não se conformou e deu sumiço à joia. Essa é a verdade, a pura verdade, a única verdade. Juro pela alma dos meus pais".

O advogado, comovido:

– Seus pais estão mortos?

– Leve a carta, doutor.

Começou aí uma nervosa espera. Soube por quê: Duílio e Alba tinham viajado. Ninguém na Mansione informara para onde. O jeito era ter paciência.

Um dia, alguém murmurou que eu seria transferido para a Detenção, à espera de julgamento. Não era boato: fui metido num camburão. Meu calvário começou na secretaria, quando escolheram meu companheiro de cela. Ao pronunciarem seu nome, para mim desconhecido, dois guardas contiveram o riso. Quem seria? Woody Allen? Não, com certeza dividiria minha suíte, no Hilton, com algum pinta-brava, valentão, homicida manjado, ou algum incurável e agressivo homossexual.

– Vamos indo.

Fui gentilmente conduzido por um corredor ladeado por gaiolas. Os mais raros canários da espécie estavam lá. Alguns, vendo-me, riram, sabendo ou imaginando quem seria meu diuturno companheiro.

No fim do corredor abriram uma cela, logo fechada, e fui direto para um catre vago. Então vi a pessoa, meu companheiro de cursilho.

Diante de mim, também deitada, estava uma pantera negra de mais de um metro e oitenta de comprimento, cascuda, banguela e zarolha, a fitar-me com dura insistência. No entanto, naquele corpanzil monobloco e vigoroso notavam-se algumas pinceladas esparsas da famosa tela *Maja desnuda*, com um cintilar de odalisca e um desleixo perigosamente lascivo.

Depois de olhar-me algum tempo, ora direta, ora camufladamente, como quem lê o jornal de seu vizinho no ônibus, o sentenciado preto levantou-se, quase batendo a cabeça no teto, sentou-se aos pés de minha cama e, forçando algo que pretendia ser um sorriso, apresentou-se:

– Eu sou a Marlene.

30 – Marlene, meu amor!

As aparências enganam, como diz o dito popular. Apesar de ter cometido alguns crimes de morte, assaltos à mão armada, raptado um ônibus (linha Penha-Lapa), dominado toda uma vila periférica com uma metralhadora manual e agredido dezenas de pessoas, inclusive dentro do presídio, Marlene, quando não contrariada, não era má pessoa. Ao contrário, sofrendo de carência afetiva, fixações infantis, velhas broncas paternas e outros males psicológicos, ansiava por compreensão e carinho, e se os encontrava a pantera virava uma gatinha. Por outro lado, era capaz de estrangular quem risse ao vê-la folhear a revista *Claudia*, pintar as unhas e depilar seus imensos sovacos. Eu, certamente, não estava entre esses insensatos gozadores e mais duma vez ajudei Marlene a manicurar-se, dando-lhe palpites sobre as tonalidades do esmalte. Não é necessário dizer que, em virtude do meu humaníssimo procedimento, logo cresceu o amor de Marlene pelo ex-motorista e, deste, à vida que Deus lhe dera. Depressa entendi que satisfazer Marlene sexualmente era uma forma tática de evitar seu mau hálito, de não ser trucidado na cela e de contar com um eficiente guarda-costas no pátio e demais dependências. O mundo jamais me exigira sacrifício tão grande, mas um resto de religiosidade me segredava que, embora de forma não prevista pelos profetas, eu pagava meus pecados e quiçá me purificava. Paralelamente, qualquer resistência seria vã, e como Marlene não abandonava sua trucagem psicoerótica feminina, decidi não apresentar queixas à diretoria nem fazer comentários sobre seus já conhecidos hábitos sexuais. Aprendi, porém, a espaçar os colóquios, pretextando fortes dores uretrais, cólicas de intestino, vertigens claustrofóbicas e pequenos acessos de esquizofrenia. Receando exigir demais de tão enfermiço organismo, Marlene me poupava, conformando-se em fazer-me cafuné até que dormisse. Muitos guardas assistiram a esses românticos takes, ao passar pelo corredor. Só um cara de pau era capaz de simular tão indizível prazer.

A compensação disso tudo, gozava-a eu no pátio, onde Marlene me protegia como uma muralha, não permitindo que os prisioneiros me ameaçassem ou simplesmente me gozassem. Ela era, mais que tudo, um profundo fosso que me isolava dos homossexuais ativos, o terror dos novatos.

Marlene costumava passar bem perto deles para assustá-los. Na verdade, não havia atrás daqueles paredões homem algum com a coragem para enfrentar a grande boneca de piche com unhas pintadas de vermelho. Seu currículo, mais que seu porte, impunha respeito e não admitia deboches num raio de vinte metros.

Como o trabalho de meu advogado se arrastava e a carta a Duílio Paleardi parecia não ter obtido resultado, comecei a craniar outros meios pacíficos de não cumprir minhas obrigações maritais sem ferir a sensível Marlene. Então inventei uma dor indefinida e violenta, pelo ventre, em plena madrugada, horário de socorros urgentes, implorando que me levassem à enfermaria.

O médico examinou-me, intrigado:

– Vamos ver o que diz a chapa.

Fui franco:

– Doutor, não me dói nada.

– Então, o que faz aqui?

– Doutor, já tive muitas amantes morenas, embora ame as louras, mesmo oxigenadas, mas uma negra retinta, e do sexo masculino, é demais.

– Com quem está na cela?

– Marlene.

– Vou providenciar sua transferência.

– Não, não. Marlene me faria a pele no pátio.

– Então?

– Eu só queria repouso de alguns dias. Faça de conta que estou com uma úlcera ou coisa assim. Camaradagem, doutor.

O bom médico acolheu o meu pedido. Suspeita de úlcera duodenal. Quinze dias de enfermaria. Mas, em troca do favor, para divertir-se, pediu que contasse minúcias do meu compulsório relacionamento com a tenebrosa bicha. Quando disse que lhe pintava as unhas e aceitava seus cafunés, caiu na gargalhada a ponto de acordar alguns enfermos.

– Muito engraçado! – comentou. – Não acha?

31 – O hipocondríaco recebe visitas

A primeira noite passada na enfermaria foi das mais felizes de minha temporada em São Paulo. Dormi como um justo e acordei tarde. Na manhã seguinte o médico veio visitar-me, mas só para que lembrasse novos e vexatórios detalhes do meu affaire com Marlene.

Para preencher o tempo, já que não podia me levantar, mandei buscar livros de ficção da biblioteca, e consegui que diariamente me trouxessem pelo menos um jornal.

E o advogado? Apareceu um dia.

– Conseguiu entregar a carta ao Duílio?

– Consegui, meu filho.

– Ele leu?

– Pedi que a lesse na minha frente.

– Como reagiu?

– Disse que não acreditava numa só linha do que estava escrito.

– Mas o porteiro do motel pode provar que estivemos lá.

– Eu lhe disse isso.

– E ele?

– Estendeu-me a mão e saiu da sala.

Choraria, se não fosse picado por uma lembrança:

– A Tina! Tina pode declarar que perdeu emprego por causa do ciúme de Alba!

– A manequim? Fui procurá-la também.

– Foi?

– Fui.

– E ela?

– Disse que está bem empregada, noiva do gerente duma loja de modas e quer que você se fornique. Ela disse: fornique.

Depois dessas boas notícias, tive uma cólica de verdade, tão resistente a analgésicos que o médico chegou a admitir que talvez eu tivesse realmente uma úlcera.

Na mesma semana, outra visita: Marlene.

Pisando mansinho e falando baixo, a enorme crioula entrou na enfermaria e sentou-se numa cadeira ao meu lado. Confessou que morria de saudade.

– Eu também.

Então, com suas mãos vigorosas, pegou a minha, segurando-a ternamente. Todos os enfermos levantaram a cabeça para ver e os enfermeiros fizeram um grupinho.

– Querem pôr outro em minha cela – lamuriou Marlene.

– Não!

– Não vou permitir – declarou. – Matarei quem chegar.

O artista voltou à cena:

– Sabe por que querem colocar outro em meu lugar?

– Sei não.

– É porque eu talvez não volte para o pavilhão. Os médicos descobriram que estou com uma doença grave. Os bons tempos acabaram, Marlene. Até já escrevi pra minha mãezinha. Estou perdido.

Marlene nem precisou ouvir confirmação para começar a chorar. Um mar de lágrimas descia pelo seu rosto. Pisquei para os enfermeiros, que a levaram para fora da enfermaria, encontrando, embora, alguma resistência.

No dia seguinte, o médico:

– Vou lhe dar alta.

– Por favor, não!

– Puseram um novato na cela de Marlene.

– Mas ela vai querer que eu volte pra dela.

– Não cabe aos prisioneiros decidir essas coisas.

– Então, quero falar com o diretor. Exijo um companheiro inofensivo.

– Ou ao menos um pederasta branco – disse o médico, fazendo uma pilhéria que ninguém chamaria de humor negro.

32 – A morte da bailarina havaiana

Na véspera de minha volta ao pavilhão, um enfermeiro me trouxe um vespertino. Comecei a folheá-lo, sem grande interesse, quando a foto de um homem, na seção de crimes, chamou-me a atenção. Eu o conhecia! Mas, de onde? O nome abaixo da foto: Johanson Olsen. "Encontrado morto na Praia Grande com profundo ferimento nas costas. A polícia o identificara como um ex-marinheiro sueco, de passado nebuloso. Em seus bolsos havia alguns cruzeiros e dólares, um calendário de bolso e o canhoto de ingresso duma companhia teatral de marionetes."

Johanson Olsen.

Olhei, olhei, olhei e me lembrei: era o marinheiro, bebedor de gim, da havaiana tatuada no braço, que vira na Mansione de Paleardi!

Um guarda se aproximou:

– Amanhã cedo você volta para a cela.

Johanson Olsen! Que estranha ligação tinha esse homem com fantoches?

O guarda:

– Ouviu?

33 – Capitu continua a mesma

*F*ui levado para outra cela, ocupada por um jovem chamado Dario, que aguardava julgamento por crime passional: matara a mulher num dancing, após a volta inesperada duma viagem. Na parede da cela pregara um recorte de revista erótica, uma esbelta morena descendo nua, em paraquedas, num vasto e cromático roseiral. Logo no primeiro dia de convívio contou minuciosamente o seu crime, a seu ver, ótimo argumento para um teleteatro. Parecia mais interessado em assistir ao seu drama no vídeo do que em obter a liberdade. Assim, pretendia iniciar-se como *playwriter*. Cheguei a ler seu script-esboço, augurando-lhe que uma longa pena lhe desse tempo e vagar para aperfeiçoar-se.

Na primeira semana de regresso, não desci para o pátio, temendo que Marlene, diante dos outros, realizasse uma cena de amor. Mas o sol faz falta para o corpo humano, não é mera decoração celeste, e um dia tive de descer.

Nesse dia, no pátio, fui ouvindo:

– Foi passado pra trás, Carioca?

– Longe dos olhos, longe do coração.

– Nada como um novo amor para esquecer o velho.

Não entendi a irônica brincadeira a princípio, mas não tardei a ver Marlene passeando ao lado dum rapaz a quem conduzia cuidadosamente pelo braço. Não era um cego, mas o novo companheiro de cela da pantera. Ao passarem por mim, minha saudosa amásia baixou o olhar.

– Quem é o moço? – perguntei a um guarda.

– Um tal Escobar, arrombador mixuruca.

Desta vez a risada foi minha. Escobar! O amigo infiel de Bentinho! Procurei uma angulação mais cômica dentro do pátio. Capitu continuava a mesma, hem!

Fui andando, divertindo-me, aliviado. E foi ainda ao ar livre que tive uma ideia, logo posta em prática.

34 – A carta

*"M*eu caro senhor Duílio Paleardi:

Acabo de ler no jornal a infausta notícia da morte, por assassinato, do seu amigo Johanson Olsen, que conheci em sua saudosa residência. Como a notícia foi publicada sem muito destaque, o senhor talvez ainda ignore o fato. Imagine que a polícia nem sabe direito quem era Olsen! Ocorreu-me, na solidão de minha cela, que o senhor poderia facilitar as investigações, dizendo o que sabe sobre o seu amigo. Mas não mencionarei sua ligação com ele a ninguém, sem sua autorização.

Sem ressentimentos, Raul."

35 – A fé, a esperança e (a caridade?)

O que pretendera exatamente com essa carta? Assustar o ex-patrão com o envolvimento num crime de morte? Sensibilizá-lo com uma informação? Algum pretexto para usar a consagrada expressão "sem ressentimentos"? Sei lá. Agira intuitiva ou mediunicamente insuflado pela fé e a esperança de me libertar e um pouco estimulado por aquela *fotogirl* de meu companheiro de cela descendo no roseiral, como uma convocação geral à liberdade de ir e vir.

Dario tinha um rádio de pilha e nele ouvi num bombástico jornal da manhã, especializado em noticiário criminal, que a polícia santista ainda não solucionara o mistério da morte do sueco. Seu nome aparecia no livro de registro de inúmeras estalagens e hotéis de terceira do cais, mas não fora possível ainda levantar relacionamentos. Qual teria sido o móvel do crime? Simples assalto? Briga entre alcoólatras? Ou vingança de traficantes de tóxicos? Era esta, dizia o comentarista, a hipótese mais sedutora e provável.

Na manhã seguinte, no mesmo programa, o nome do sueco voltou ao ar. Ao contrário do suposto, não estava ilegalmente no país e viajava muito para o exterior, embora se ignorassem os motivos. Proprietários e proprietárias de botecos da orla garantiam que, às vezes, fazia grandes despesas com mulheres e bebidas. Mas tudo contato passageiro, ninguém o conhecia na verdade, garantia o narrador.

– Duílio Paleardi conheceu – disse eu em voz tão baixa que meu companheiro de cela nem ouviu. – E se ele não abrir a boca, eu abro.

36 – É chegado o dia da salvação

A última frase da cena anterior não era uma ameaça diante do espelho. Realmente, eu pretendia conseguir uma entrevista com o diretor do presídio e contar-lhe o nada que sabia sobre o enigma nórdico. Mas não foi necessário.

Um guarda trouxe minhas roupas:

– Vista-se.

– Vou a julgamento?

– Não sei.

Vesti-me, notando que ficava realmente elegante com o velho blazer, e acompanhei o guarda pelo corredor do pavilhão. Ao passar pela cela de Marlene, vi-a sentadinha ao lado de Escobar. Ela também me viu e olhou para o alto.

Entrei na secretaria.

– Sente-se – o guarda.

– Não sabe mesmo para onde vou?

– Não.

Fiquei à espera não sei de quê, fumando, intrigado. Se o advogado obtivera alguma coisa a meu favor, por que não estava ali? Visita não seria: eram recebidas no parlatório, sem que os presos tirassem o uniforme.

– Assine aqui – disse-me um burocrático, trazendo um livrão.

– Aqui?

– Mas veja, antes, se não falta nada nos bolsos.

– Não.

– Então, assine.

Assinei, lá com grandes esperanças. Mas não era só aquilo. O burocrático me passou um envelope.

– Que é isso?

– Conte.

Era o dinheiro da quitação dos Paleardi. Entendi. Ia ser posto em liberdade. Onde estava meu advogado? Queria beijá-lo. Mas quem entrou, muito bem-vestido e perfumado, com os braços abertos para amarrotar minha surpresa, não foi ele.

– Como está, meu filho?

Levantei, fui abraçado, abracei.

– Estou bem, seu Duílio.

– Sim, parece disposto.

A pergunta:

– Veio me visitar?

– Não, vim buscá-lo.

– Então, posso sair?

– Você tinha de assinar um livro.

– Já assinei.

– Devolveram-lhe o dinheiro da quitação?

– Devolveram.

– Então, acho que podemos ir.

O diretor também entrou para despedir-se e dar-me alguns conselhos, mas não fui dizer adeus a Dario, embora me oferecessem a oportunidade. Queria sair, respirar.

Duílio apertou-me carinhosamente o braço:

– Vamos, meu filho.

Um passo além do portão, com Duílio ao lado, enchi os pulmões de ar como os roteiros de cinema detalham essas circunstâncias. Quantas vezes já vira Burt Lancaster e Robert Mitchum saindo das grades e respirando daquela maneira! Junto a mim, Duílio divertia-se com o espetáculo de minhas sensações.

– Lá está o carro.

Um motorista louro, de minha idade, meu substituto, esperava-nos fora do Mercedão.

Duílio fez as apresentações:

– Raul, Torquato.

Pela primeira vez, ocupei o banco traseiro de um dos carros de Paleardi. Era bom.

– Pra onde vai me levar?

– Torquato já sabe.

Mal o Mercedão foi posto em movimento, seu Duílio deu uma ordem ao motorista, que nos serviu conhaque – espanhol!

– Deve ser bom tomar um trago logo ao sair da cela – comentou meu benfeitor. – Fale-me da cadeia.

– Lamento não ter tido tempo suficiente para escrever um livro.

Duílio entendeu a pilhéria e riu.

– Você tem espírito, meu filho.

– Este conhaque é bom mesmo.

– Beba quanto quiser. Torquato, mais um. Hoje tem direito a um porre.

– Meu advogado sabe que saí?

– Você não deve nada a ele, Raul. Por falar nele, mostrou-lhe sua última carta?

– Não.

– Aquelas informações que você sugeria, já dei à polícia. – Mas, com pressa de mudar de assunto, ofereceu-me um cigarro americano. – Fume! Vai ver que aqui fora até a cigarro tem um gosto diferente.

– A liberdade é o molho da vida.

– Uma boa frase. Você estudou?

– Fiz alguns cursos avulsos.

– Gino disse que vivia lendo nossos livros.

– Bom passatempo.

– Leu muito na cadeia?

– O tempo todo.

– Não leio, mas admiro as pessoas que têm o hábito. Sou um reles ganhador de dinheiro.

– Espero que sua sorte tenha melhorado. Gino não é falador, mas me disse que o senhor perdeu sua parte na indústria do frio.

– É, os baianos comem vatapá, os gaúchos churrasco e os paulistas ações. Nunca vi gente mais preconceituosa. Me puseram o pé na frente só porque sou italiano, suponho.

– Mas há muito estrangeiro na indústria.

– Sim, há, mas acho que cheguei tarde.

– Ao que se dedica agora?

– Compro e vendo.

– Compra e vende?

– Compro e vendo.

Tomei mais um conhaque e fumei outro cigarro de Duílio. Conhecia o caminho que o motorista fazia. A bela Mansione diante da qual o Mercedão parou não era outra senão a já descrita Palhoça Paleardi.

Torquato desceu e abriu o portão.

– Foi bom me trazer aqui – disse. – Quero agradecer à madame Alba o interesse que demonstrou por mim. Suponho que também devo a ela minha liberdade.

– Não.

– Não?

– Alba não mora mais neste endereço. Mandei-a definitivamente para a Itália. Sempre jurou que não teve nada com você, mas a mulher de César deve estar acima de qualquer suspeita.

Ainda dentro do carro, transpondo o portão, vi à distância meu ami-guinho, Sir Alexandre, o lustroso dobermann, que latia sobre a grama, sal-tando dum lado a outro, já tendo me reconhecido. Bem intuíra que nossa sincera amizade teria ainda um segundo tempo.

– Vamos entrar – ordenou Paleardi. – Tenho uma proposta a fazer.

37 – Então, ficamos assim

Seu Duílio levou-me pelo braço, taquigrafando simpatia com seus dedos gordos, a um aposento que eu desconhecia do labirinto: uma saleta muito íntima e acolhedora, revestida de papel de parede axadrezado como enormes rótulos de uísques escoceses. Ao contrário do estilo geral, os móveis eram pesados, antigos e escuros. No centro, vi uma solene mesa de reunião, cercada por doze rijas cadeiras. Não fora Lucélia quem falara em reuniões de negócio?

– É aqui que medito – explicou, abrindo um móvel e retirando um licor.

– Muito confortável, seu Duílio.

– Medito e decido – acrescentou com um sorriso raso e bom. Em seguida, depois de me servir o licor, como se suas mãos segurassem um melão invisível, perguntou: – Gostaria de voltar a trabalhar aqui?

– Mas o senhor já tem motorista.

– Torquato é um ótimo profissional. Vai ter oportunidade de verificar isso. Mas o emprego que lhe ofereço não é esse. Digamos que subirá de turma, como se diz no turfe.

– O que eu faria, seu Duílio?

Paleardi não respondeu logo, como se já tivesse a ideia, mas sem ter-se aprofundado.

– Há muitas coisas que pode fazer.

– Por exemplo?

– Digamos, será meu secretário particular. É isso: secretário particular.

– Será uma honra, seu Duílio.

Depois do primeiro gole:

– Aquela sua carta me comoveu bastante... Vou ligar o ar-condicionado. – Ligou. – Se pensa que vou perguntar se tentou roubar a joia, engana-se. É assunto desagradável e esquecido. Mas Alba foi muito cruel em exigir sua prisão. Não estava de acordo. Eu quase chorava quando o imaginava preso. Acredita?

Não acreditava.

– Acredito.

– E não foi tão fácil conseguir sua liberdade. Tive de incriminar Alba, atribuir o fato a ela, mencionar inclusive uma confissão que não fez. Mas, como já estava na Europa, não houve maiores complicações. O que dificultou mais foi sua própria folha, seus antecedentes...

– Entendo.

– Uma folha um tanto suja... Bem, mas isto também vou esquecer. Outro licor?

Não tinha terminado o meu, preocupado em não deixar o pião sair da unha.

– Quando começo?

– Já, se aceitar dez salários mínimos mensais.

– Ganhava um pouco menos na cadeia.

– Isso que aprecio em você, Carioca: o espírito.

– Não fiz muitas piadas nos últimos meses.

– Vai ter mais oportunidades.

Depois de duas batidinhas na porta, Gino, o mordomo-besouro, entrou já com a mão espalmada para apertar a minha:

– Raul! Que satisfação!

– Vai ser meu secretário particular – informou o patrão. – Faça-lhe um adiantamento. E registre-o. Tudo preto no branco.

– Providenciarei.

– E mostre-lhe o quarto. Você não vai morar mais com a arraia-miúda. – E dando a última ordem, que concentrava a maior prova de grande e fresca confiança: – Apresente-lhe a patroa. Ela vai apreciá-lo, Carioca.

38 – Um inútil instante de meditação

*G*ino levou-me ao que chamou minha suíte, quarto e banheiro conjugados, e sugeriu-me que descansasse um pouco e tomasse um banho antes da apresentação programada.

O quarto, embora pequeno, com móveis apenas funcionais, era um brinco comparável àquele que eu dividira com a sensualíssima Marlene, noutro endereço. E o banheiro, logo ali, dava mais que o próprio quarto sensação de conforto, intimismo e propriedade. Nu e exultante, tomei histórico banho de chuveiro para tirar toda a sujeira do presídio. Depois, larguei-me na cama. Oh, mundo! Há pouco mais de duas horas estava desesperançado na cela, deitado no catre, a olhar a paraquedista no roseiral, e agora livre, empregado e morando numa *mansione*. Não tivera tempo para pensar. Qual seria a razão, o motivo propulsor daquela rápida mudança? O que era, afinal, seu Duílio? Um sentimental com mecanismos de afetividade retardados ou tinha algo a ver com o assassinato do sueco? Salvara-me do cárcere porque tinha um grande coração italiano, ou porque temia que o extrovertido carioca se pusesse a tagarelar sobre seu suspeito relacionamento com o ex-marinheiro? Sentimentalão ou vivaldino?

Batidas de Gino.

– Entre.

Entrou:

– Vamos sair amanhã cedo.

– Onde?

– A um bom alfaiate. Você precisa de roupas.

– Meu dinheiro não dá.

– Tudo na conta do patrão.

– Então, certo.

– E veremos seu advogado. Deve ter uma dívida a liquidar.

– Tenho.

– Agora vou lhe apresentar madame Walesca.

O nome exigia certo capricho de postura e revisão de maneiras. Somando tudo que lembrava de Ronald Colman, segui o mordomo.

39 – A nova mulher de César

*F*omos encontrar madame Walesca no jardim de inverno, apreciando uma pintura a óleo a uma distância não apropriada. Nova ainda no labirinto, teria muito que ver e descobrir. No trajeto, Gino me informara que ela usava a coroa de rainha há menos de um mês.

– Madame, seu Raul, o secretário.

Não havia semelhança entre Alba e Walesca. Seu Duílio decidira abandonar a linha latina em prol dum produto tipicamente nacional. Walesca era uma mulata de grande porte, um metro e 72, descalça (calculei), peitos salientes e firmes, muita curva, cintura de pilão, braços serpentinos e pernas e coxas firmes como colunas dum edifício. Uma Vênus mulata, planejada em prancheta de *layoutman*, impactuosa e brejeira.

– Ah, é você o Carioca?

Tinha o rosto que aquele corpo merecia. Olhos, boca, nariz e orelhas em tamanho e harmonia perfeitos. Os cabelos lisos ou alisados, compridos, funcionavam como moldura, artifício perdoável naquele correto trabalho da natureza.

– Estou começando hoje.

– Duílio me falou muito de você.

Felizmente, não embranquecera a voz, que soava com a quentura e falsetes africanos. Quase lhe pedi: não tinja esse timbre, madame!

– Espero prestar bons serviços – disse.

– Vai prestar. Duílio anda muito atarefado. Nem tem tempo para mim. Não?

Enquanto nos afastávamos, Gino, agora mais falante com o secretário do que fora com o motorista, contou-me que Duílio conhecera Walesca numa boate da moda, especializada em mulatas. Estava ainda com Alba, mas não resistira ao fascínio daquele corpo, endeusado por uma clientela fanática. Teve de pagar altíssima multa contratual para levá-la do palco ao leito.

– O patrão é doido por ela.

– Não duvido.

– A natureza lhe pôs um pouco mais de tinta, sem lhe tirar a classe.

Perguntei por perguntar:

– Como vai a criadagem?

– Todos continuam aqui.

– E aquela moça, como se chama mesmo... Lucélia?

– Andou mal.

– Meningite?

– (CONFIDENCIAL) Fez um aborto. Quase morre.

Como a bola passara pela lateral, comentei também confidencialmente:

– Sempre desconfiei que andava com o garçom, o Ranulfo. Que malandro!

40 – A visita do jovem senhor

À noitinha, hora do jantar, quando todos estavam reunidos, meu amigo Gino achou que era de boa política levar-me ao bangalô para que soubessem de minha volta e de minha nova e privilegiada posição na Palhoça.

– Sejamos um pouco solenes para evitar desrespeito – ponderou o mordomo.

Apesar de nada dever àqueles serviçais, foi com perceptível tremor de pernas que acompanhei o bom Gino à senzala. Não desejava o encontro, mas reconhecia sua inevitabilidade, e era melhor que acontecesse com certa pompa e circunstância.

Ao entrarmos na copa-cozinha dos criados, vi todos ao redor da mesa, jantando em silêncio. Não era o momento de focar closes; portanto, com o desenho de quem aceita um cargo premido pela insistência, e que o recusaria de bom grado, olhei para o nada enquanto Gino falava:

– Estamos aqui para comunicar a todos que o nosso Raul veio de volta.

Primeiro o estouro, depois o clarão.

– Mas não vão poder contar com a companhia dele aqui no bangalô.

Por que olhavam tão curiosa e pasmadamente para mim? Teriam ensaiado antes?

– Vai ter um quarto na mansão.

A reação agora foi mais comunitária: um olhou para o outro.

– Ele agora é o secretário particular de nosso amado patrão – concluiu

Gino, num sorriso que foi logo engessado pela frieza da recepção. Mais tarde, teria de massagear-lhe o rosto para desmanchá-lo.

– Bom apetite – disse eu, como quem lhes cuspisse no prato.

À saída, ouvimos um comentário interrogativo de Torquato:

– Novo secretário? Não é o mesmo que fui buscar na cadeia?

Não tenho culpa das voltas que o mundo dá, Torquato, respondo agora. Mas, na verdade, não estava pensando neles, mas em amostras de pano.

41 – O homem do vinco perfeito

O querido Gino levou-me ao alfaiate na manhã seguinte. Tiraram-me medidas para dois ternos completos, inverno e meia-estação. Dois outros fomos comprar numa loja chique de roupas feitas, conta ampliada com camisas sociais e esportivas, gravatas, cuecas, meias, lenços e dois pares de sapatos.

No espelho: a caída espontânea do paletó, a camisa virgem de uso, o vinco perfeito das calças e o aspecto dos calçados zero-quilômetro faziam de mim outro homem. Perguntei-me ingenuamente: a roupa faz o monge? Mas quem está interessado em ser monge?

– Vamos ao advogado para saldar minha dívida.

– Não é preciso.

– Não?

– O patrão quis poupar-lhe más lembranças. Ele mesmo telefonou ao advogado e já mandou pagar.

O santo (perdoem o paralelo) desconfiou. Duílio estava certo: eu poderia contar ao advogado a história da carta e mencionar o nome de Johanson Olsen.

– Seu Duílio é mesmo uma pérola.

– Uma pérola!

42 – Eu, na piscina

No dia seguinte à minha libertação, um sábado muito claro e muito azul, Duílio Paleardi bateu à porta de minha suíte e colocou-me nas mãos um calção de pano vermelho:

– Deve saber nadar, Carioca.

– Razoavelmente.

– Então, vamos lá.

O próprio Gino, com suas sensíveis antenas, enciumou-se ao ver-me tão íntimo do patrão, a nadar na piscina sob o aristocrático céu do Morumbi. Duílio preferia nadar de costas, confortavelmente instalado, enquanto eu insistia em dar longas braçadas sob a água, camuflado no cloro, a imaginar-me um pequeno tubarão de uso doméstico. Numa das vezes em que voltei à tona, vi sobre o colchão pneumático, repousando ao sol, untada de óleo, a sedutora deusa de borracha que substituíra a problemática madame Alba. Lembrei-me do boca a boca que com tão boa técnica e espírito de sacrifício aplicara em inúmeras desastradas banhistas de Copacabana e Ipanema. Aqui, previ, não seria necessário porque Walesca logo exibiu a rapidez e a segurança de sua natação. Felizmente, não corria risco.

Os três, mais tarde, cansados, fomos nos sentar nas poltronas de fibra, quando pude ver a inveja e o rancor que Ranulfo misturou em meu coquetel. A Lucélia vi três vezes, porém não lhe fixei o olhar, fingindo-me entretido com comentários de Walesca sobre a diferença da cor do céu em diversos estados brasileiros. Creio que os empregados todos, incluindo o mordomo, admiravam-se da naturalidade com que eu me movimentava naquele cenário esporte-luxo, como se nunca tivesse conhecido outros ambientes. Mas, digo, meu sadio relacionamento com Duílio Paleardi, aquela paulatina intimidade de ar livre, não se limitava ao retângulo clorado da piscina. Percorríamos toda a área verde da Palhoça, queimando calorias no cooper, fazendo ginástica nas barras e jogando tênis, eu como aluno dos bons.

Apenas uma vez tocou no assunto aguardado, quando deixávamos a quadra:

– Aquele sueco de quem você falou...

– Ah, o que mataram...?

– Vendia bebidas contrabandeadas. Alguém lhe deu meu nome e apareceu aqui. Sabe, até o nome dele eu ignorava.

Contrabandista eu tinha certeza de que ele era, mas não de marias-moles. Nem de bebidas, pois as de Paleardi vinham diretamente da Europa, como todos estavam cansados de saber.

Com excesso de tempo para preencher, eu sempre corria os olhos pelas páginas sangrentas dos jornais. O caso do sueco voltou a ser lembrado uma última vez, sem novos esclarecimentos. O resto foi o silêncio.

43 – Quem foi o assassino?

Minha intimidade com Duílio Paleardi cresceu nas águas da piscina, prolongou-se por toda a quadra esportiva e solidificou-se dentro de casa. À noite, principalmente, mandava Gino chamar-me para jogar cartas com o casal ou assistir a filmes alugados. Somente velhas comédias do Gordo e o Magro, Buster Keaton e Charley Chase pertenciam à sua filmoteca particular, mas não eram do agrado de Walesca. Então, lembrei-me duma brincadeira de salão, que chegou a embasbacar o casal com minha cultura adquirida nas praias, nos bares e nas Detenções.

– Pensem num nome famoso e eu adivinho num máximo de dezoito perguntas.

– Qualquer nome? – Walesca, admirada.

– Qualquer nome.

– Duílio, me ajude.

Peguei um dicionário enciclopédico à vista na biblioteca, abri-o a esmo e entreguei-o ao casal.

– Tirem o nome daí.

Duílio:

– Achei um difícil. Pode começar.

– É latino?

– Não.

– Anglo-saxão?

Walesca juntou-se bem a Duílio, participando das respostas.

– É.

– Americano?

– Americano.

– Vivo?

– Não.

– Aqui podia perguntar se é homem ou mulher, mas vou economizar a pergunta: contemporâneo?

– Que é isso, Duílio?

– Não é contemporâneo – Duílio.

– Inventor?

– Não.

– Escritor?

– Não.

– Militar?

Os dois:

– Não.

– Político?

Entreolharam-se:

– N... ão.

– Artista?

Só ela, com os olhos no dicionário enciclopédico:

– S... im.

Ponderei:

– Não conheço músicos e pintores americanos do século passado. Vamos lá. Artista que se exibia? Cantor ou ator de teatro?

– Sim.

– Ficou famoso com a profissão?

Walesca pediu socorro a Duílio:

– Não ficou – ele esclareceu.

Sorri.

– Por acaso matou um presidente da República?

Ambos:

– Matou.

– John Wilkes Booth, o assassino de Lincoln!

Gino, que ouvira o final da brincadeira, interessou-se. Procuraram novos nomes no enciclopédico, que eu matava, um a um. Walesca, a mais entusiasmada, sugeriu:

– Vamos dar uma festinha pra ver quem é capaz de derrotá-lo?

O clown da cultura de salão aceitou:

– Não sendo espetáculo beneficente, topo!

Fui dormir vitorioso. Mas não tanto, é verdade. Em dado momento em que Ranulfo me servia o décimo uísque, e eu conversava com a patroa, sentados em pufes frontais, vi Duílio e Gino trocando palavras num canto, junto a uma pintura tachista, e tive a impressão de que falavam de mim e de alguém mais. Johanson Olsen? Quem matou Abraham Lincoln eu sabia, mas isso não os preocupava muito. Era outro o criminoso – seria artista que se exibe? – que todo aquele jogo, que começara com minha libertação, parecia ocultar.

44 – Apenas um brilhante detalhe

Walesca apareceu vestida para sair, toda de branco, no Grande Living, enquanto Gino, de valete, ajudava o patrão a vestir o smoking. Parei diante dela, siderado pela visão espetacular. Que rolo compressor contra os feios preconceitos de cor!

Mas, indo do conjunto ao detalhe, observei que toda aquela elegância do branco dependia duma ilhota azul no peito – a joia, aquela joia, pedra cercada de brilhantes, que fora de madame Alba e que por certo o patrão não permitira acompanhá-la à Itália!

Bonito adereço!

45 – O show enciclopédico

Na sexta-feira seguinte Duílio Paleardi congregou um bom número de machos e fêmeas para uma festinha na Palhoça. Mas não cabem aqui tolas vaidades. Não eram propriamente meus conhecimentos enciclopédicos que ele pretendia colocar na vitrina e, sim, sua nova mulher, a magnífica Walesca, notabilizada pela crônica noturna, mas ainda desconhecida de seu clã. Walesca seria a estrela, a atração, e eu o entretenimento dos entreatos, a pausa intelectual no intervalo das ereções.

Com meu terno sob medida pronto, um cinza-chumbo de causar inveja, fui uma espécie de recepcionista, enquanto Gino orientava a criadagem e os patrões se preparavam para um surgimento triunfante. O ex-companheiro de cela de Marlene, já desinibido por alguns Teacher's, saiu-se bem nas novas funções, conseguindo de início pôr todos à vontade, com sorrisos, mobilidade e beberetes.

Quem era aquela gente, eu não sabia. Todos estavam vestidos com exagerado mau gosto, como mafiosos endinheirados no enterro de Lucky Luciano. Difícil seria imaginar aqueles convidados numa recepção do Itamarati. A julgar pela maneira com que apanhavam os petiscos, oferecidos por Célia e Magali, sem nenhum constrangimento em sujar os dedos, pela falta de postura no andar e sentar, e o tom cafona de voz, supus que eram compatriotas de Paleardi precipitadamente enriquecidos com negócios escusos. Mas essa conclusão, admito, podia ser apenas o despeito, a mágoa infantojuvenil de quem não alcançara aquelas alturas. Continuando nesse *travelling*, fiz uma externa até os jardins onde se enfileiravam alguns carros da categoria luxo. Fixei-me, depois, na observação do elemento feminino, muito chique, mulheres bem-vestidas e cheias de badulaques, mas, evidente, nenhuma tinha o charme e a luminosidade da Vênus mulata que Duílio levara para casa.

Ranulfo já servira várias rodadas e a própria Lucélia passeava com bandejas, quando o senhor Paleardi apareceu no Grande Living abraçando espalhafatosamente os homens e beijando as mulheres, chamando todos de compadres e comadres. Walesca demorou-se um pouco mais. Traquejado no jogo social, Duílio, com uma faca bem afiada, dividiu o suspense em duas metades. Observei logo que nem todos ali sabiam que o patrão (seria o patrão de todos ali?) mudara de concubina. Algumas senhoras perguntavam por Alba.

– Alba me abandonou ingratamente – explicava. – Hoje vão conhecer a nova senhora Paleardi: Walesca.

– É russa?

– Não, não é russa.

Ouvi que se falava de Alba com saudade e comentava-se sua beleza de madona. Não digo que também tenha sentido saudade, mas um flashback que começou dentro de meu copo de uísque levou-me àquela tarde de frustrações no Iglu, ela seminua na cama redonda, antes de sua irrevogável negativa. Poderia esquecer? Deixem uma criança sozinha diante duma mesa de doces e depois puxem a toalha: terão aí mais uma ficha para o dr. Freud analisar. Eu era essa criança, esse pobre infante desglicosado.

Apenas por acaso a eletrola tocava "Na baixa do sapateiro", quando a apetitosa *colored*, a apimentada rainha do *show business*, a dália negra dos jardins suspensos da Babilônia entrou no espaço principal da Mansione, causando como consequência imediata interrupção do vozerio.

Paleardi, sem o *black tie* dos tempos de Alba, mas à vontade num esporte aveludado, turista classe A, rompeu o aparvalhado silêncio, anunciando:

– Esta é Walesca, minha mulher.

Ela estava toda de branco, o que a tornava mais alta, com um penteado simples, maquiagem quase nenhuma e aquela joia no meio do peito. Entendi por que alguns cineastas, saudosistas, antes liderados por Chaplin, defendem tão intransigentemente o fascínio do preto e branco. A tez de chocolate de Walesca, contrastando com o branco hospitalar do vestido, destacava-se de forma hipnótica dentro do living. Até eu, que há duas semanas convivia com aquele belo exemplar da miscigenação nacional, olhava-a como se a visse pela primeira vez.

O consumo de uísque então aumentou, e todos os machos presentes procuraram aproximar-se de Walesca. O mesmo não sucedeu com as mulheres, que se afastaram, enturmaram-se e se organizaram para falar mal da nova senhora Paleardi. Eram demonstrações de preconceito racial, que serviam apenas para ocultar a inveja despertada por aquela empolgante, liberta e comunicativa criatura.

Foi Walesca quem me levou ao palco:

– Sabiam que nosso Raul é um gênio? Pensem num nome famoso e com poucas perguntas ele descobre quem é.

O pessoal não se interessou muito por esse número, mas como Walesca se postou ao meu lado, logo surgiram os desafiantes.

– É latino? Brasileiro? Artista? Sexo masculino? Vivo?

Quase tropeço em Adão, mas me lembrei de perguntar se o tipo tinha um buraco nas costas. Cantor francês que fez sucesso fora de sua terra natal? Carlos Gardel. Americano, contemporâneo, que morreu assassinado? Depois de indagar sobre diversas profissões, concluí que só poderia ser um bebê: Charles Lindbergh Jr. Grã-fino que se dava ao luxo de ter um zoo flutuante? Onassis ou Noé? A cada acerto, Walesca puxava as palmas.

Eu estava no auge do entusiasmo, quando percebi que a maioria dos homens não estava mais no living. Estranhando, pretextei cansaço, apanhei um uísque e fui marombar pela casa. Será que eu tinha desagradado tanto ao elemento masculino? A caminho dum lavabo, passei pela sala de reuniões, onde meu contrato fora firmado, e vi luz pela fresta inferior da porta. Aproximei-me com os pés meio palmo acima do solo e ouvi falas. Estava havendo uma reunião quente, muitas vozes discordantes e vazios interrogativos. Mas não havia dúvida de que Duílio era o comandante. "Por enquanto, não posso lhes pagar mais. Sinto muito, senhores." A declaração ensejou protestos. "Por que não pede mais ao pessoal de Amsterdã?" Paleardi prometeu que ia pedir, mas que não esperassem uma boa notícia para breve. "O que atrapalha é a demora da remessa. Se tudo fosse feito de avião..." O dono da casa repeliu a sugestão com um soco na mesa: "Nunca, vamos continuar com os métodos antigos. Navio é mais seguro. Pensem, por favor, nos riscos que eu corro. Vocês me vendem a mercadoria e se mandam. E é aí que meu perigoso trabalho começa."

Eu ouvira o suficiente para não entender nada. Passos. Entrei no lavabo, certo de que era Gino. A festa tinha três etapas distintas: a apresentação de Walesca ao clã, o desafio ao enciclopédico e a reunião secreta. Esta, porém, foi bem rápida. Logo, Duílio Paleardi ressurgiu no living, uma polegada mais alto, de braço dado com sua monumental amásia. Os homens, inventando assuntos, seguiam-nos de perto, enquanto as mulheres, sempre juntas, não escondiam nem aos serviçais a indignação de ver ali, no lugar de Alba, aquela descontraída e vitoriosa rainha de Sabá.

Num momento, na copa, eu e Lucélia nos defrontamos cara a cara, ela com bandeja na mão.

– Como vai indo? – perguntei.

– Sabe que fiz um aborto?

– Lamento. Não podia ajudar. Estava preso.

Pausa:

– Então, agora é secretário do patrão?

– Coisas da vida.

– Todos acharam que você tinha roubado a joia. Menos eu.

– Se eu fosse ladrão, não estaria agora numa boa. Vou voltar para o living.

– Você fica bem nesse terno.

– Presente do patrão.

O seu lance:

– Já sei em que quarto está.

Eu, saindo:

– Vou ver se seu Duílio está precisando de mim.

– Quer que apareça lá, amanhã?

– Não, Lucélia, seria muito feio.

Vendo que lhe escapava, ela tentou deter-me com o laço duma curiosidade que eu já revelara.

– Lembra-se daquele homem, o tatuado?

– Lembro.

– Ele tornou a aparecer aqui, faz uns dois meses.

Lucélia não deveria saber que o sueco estava morto.

– ... e?

– Tiveram uma briga, lá na quadra de tênis: eu ia passando e ouvi.

– Ele brigou com o patrão?

– Gino também estava. Um dia te conto – disse, puxando o laço até dar um nó bem forte em meu interesse.

Não fui nessa. Meu novo status não permitia casos de amor com empregadinhas.

– Queria fizer chantagem, não? – arrisquei.

– Era o que Gino gritava: "Isto é chantagem? Chantagem, patrão! Chantagem!". Aí ele quis bater em Gino, o tatuado. Mas seu Duílio se colocou entre eles e disse: "Pago quanto você quiser".

Não me interessava saber mais nada.

– Que tenho eu com isso? Ciao, Lucélia!

A festa de apresentação de Walesca à sociedade de Paleardi não foi um sucesso total. Algumas das senhoras logo convenceram os maridos a dar o fora. A metade dos convidados deixou a Mansione logo depois da meia-noite. Para reter a outra metade, musiquei o ambiente com ritmos bem animados, mas apenas dois pares saíram dançando. Pedi a Ranulfo que servisse novas rodadas e assumi ares mais festivos, como se o melhor estivesse por vir. Duílio, com um sorriso de estímulo, aprovou minha atitude, mas não consegui segurar ninguém. Antes das duas horas, os últimos convidados, arrastados por suas mulheres, abandonavam a Palhoça.

– A festa foi uma grande droga – reconheceu Gino, passando por mim.

A opinião não era apenas nossa. Eu e Gino observamos a cara que Walesca fez, ao ver tão cedo o living vazio: a decepção causada pela chuva num desfile de escola de samba na avenida. Jamais vi, a olho nu, pessoa tão ofendida, revoltada e disposta a ir à forra. Duílio, com o receio de alguma reação explosiva, motivada por álcool e ressentimentos, mandou um telegrama para que nos retirássemos urgentemente.

– Fiquem! – ela ordenou.

– Eles estão mortos de sono – disse Duílio.

– Com sono ou não, vão ouvir o que achei dessa gente.

Gino:

– Dona Walesca...

– Sentem e ouçam!

46 – O som e a fúria

Walesca não era uma desligada nem tampouco tinha cera nos ouvidos. Aquela noite captou no ar muitos comentários nada elogiosos à sua pessoa. E repetiu-os um a um para nós três:

– Onde Duílio arranjou essa mulata desavergonhada?

– É verdade que foi do teatro rebolado?

– Não serve nem para lavar os pés de Alba.

– Nós nos vestimos assim para conhecer essa mulher?

– Enquanto ela estiver aqui, não voltaremos.

Duílio, sentado, ainda com sua elegância não desfeita, sacudia a cabeça como se duvidasse daquelas ofensas. Gino olhava o chão, recolhendo as antenas. Apenas eu lhe dava a devida atenção, também atingido por aquelas grossuras – fingindo isso, aliás. Walesca bebia, chutava pufes e poltronas, soltando os cabelos (ficava ainda mais bonita com eles soltos), e enfileirava palavrões.

– Então não viram o que aquelas filhas das putas fizeram comigo?

Duílio, tentando domá-la, mas sem usar cadeira como proteção:

– Não foi bem assim, Walesca.

– Cale a boca, você!

– Eram grandes amigas de Alba, por isso...

– Até os criados devem ter ouvido o que diziam.

– Garanto que isso não se repetirá.

– Não vai se repetir mesmo. Enquanto eu morar aqui, essas mulheres não tornarão a pisar nesta casa. Nas outras festas, eu é que escolherei os convidados. Ouviu, Duílio? Eu!

O descrito foi apenas o preâmbulo ou síntese do grande desabafo que se prolongou madrugada adentro. Os referidos chutes repetiram-se muitas vezes, uma banqueta caiu, dois bibelôs desabaram de seus suportes e o imenso lustre em dado instante acusou o terremoto. Visualmente foi pior, quando alguns pastéis e empadinhas (deliciosos, por sinal) foram arremessados contra a parede. Gino quis se apressar em limpar e levou um pedaço de manjar branco no ombro. Eu, ao contrário dos dois, marotíssimo, não sei com o que em mente, oferecia-lhe meu estímulo e apoio através de pequenos gestos e olhares fluidos. Queria que sentisse pertencermos à mesma classe social e que ambos éramos frequentemente vítimas de cortantes injustiças. Ela não fora desprezada apenas por causa da cor? E eu não fora trancafiado numa cela por ter cometido o único pecado de ser pobre? Isso aí. Por um milagre de telepatia, tive a impressão de que me fazia entender, pois em dado momento Walesca me favoreceu com um sorriso cúmplice, o único de seu intempestivo monólogo.

Quando me recolhi à minha suíte, lá pelas quatro horas, ainda estava sem sono, desperto pela edição do citado sorriso de Walesca. Gato escaldado, porém, decidi no escuro do quarto não bisar o erro cometido com madame Alba. Nada tentaria com a patroa. Quando a visse, substituiria sua imagem pela da Marlene.

47 – Surge o Carioca

*T*udo o que foi dito no final da cena anterior, disse-o com a maior honestidade. Todavia, o jovem que escreve era egresso da Detenção, um homem normal, a quem a precipitação policial privara durante meses do contato com o sexo oposto. A estampa da provocante paraquedista nua, que decorava a cela de Dario, ainda não se apagara de minhas retinas. A sensual *pin-up*, numa infernal trucagem, surgia em todas as paredes. Para escapar a essa obsessão por via natural, telefonei um dia para Tina, a angulosa maneca das passarelas, o que fiz taquicárdico e pálido.

– Tina? É o Raul! Lembra?

A julgar pela batida do telefone, lembrara.

Meu sensível tímpano comunicou a frustração a todos os componentes do meu corpo. A quem lançar meu S.O.S.? Não tinha muitas alternativas. Lembrei-me do aflito apelo de Lucélia na copa, na noite da apresentação de Walesca ao clã de Duílio. Não era muito sensato procurar nova aproximação, mas era cômodo. Gino, se visse, intuísse ou descobrisse, fecharia os olhos. Eu estaria em meu território talvez sofrendo uma agressão sexual.

Depois de percorrer todos os espaços da Palhoça, como se procurasse um objeto perdido, encontrei Lucélia, muito fresca e bonita, perto das barras fixas. Como se fosse dar uma ordem ou chamar um táxi, disse-lhe:

– Pode ir ao meu quarto esta noite.

A empregadinha olhou-me como se fizesse um século que se oferecera a mim impudicamente.

– Não vou.

– Então, vá amanhã.

– Esqueça aquilo.

– Por quê?

– Passou.

– Passou? O quê?

– Tenho outro.

Duvidei:

– Que outro?

– Torquato.

– Foi...

– Começou na noite em que falei com você.

– Muito bem. Fique com o Torquato. Agora vá à copa e pegue uma mineral. Espero no quarto.

A mineral era uma jogada. Talvez a serviçal não resistisse ao ver-se sozinha comigo na suíte e cedesse.

Fui ao quarto, tirei toda a roupa, esperando.

Batidas leves, de gatinha, à porta.

– Entre.

– Pediu uma mineral?

O Ranulfo, o garçom.

A sucessão desses dois fracassos foi a culpada de eu romper o juramento de não olhar cobiçosamente a patroa. Mas houve outro motivo: o ócio. Este, porém, carece de detalhes. Como secretário particular de Duílio, eu nada fazia o dia todo. Não precisava de um ou não me julgava digno de sua confiança. Que secretário era esse, que nem seus telefonemas podia ouvir? Se entrasse em seu escritório, e estivesse telefonando, sempre pedia que o esperasse no corredor. Nem sabia quais eram seus negócios. Queria-me apenas para tênis, cooper, piscina e jogos de salão.

Desgostoso com minha inutilidade, por não fazer jus ao salário que temia perder, perguntava:

– Patrão, há algum serviço pra mim?

– Não se preocupe, Carioca, você está indo bem.

– Acha que estou?

– Ponha o calção, vamos correr um pouco.

Ele próprio pouco saía. Seus negócios, resolvia-os por telefone, sozinho ou com Gino. Este, sim, o mordomo, o homem de cartolina, era o seu verdadeiro secretário particular. No máximo, eu seria seu valete.

– Gino, estou cansado de ficar parado.

– Ora, Carioca! Que é que há? O patrão está satisfeito com você.

– Está mesmo?

– Ele te adora!

Eu não me convencia disso: achava que me contratara por causa daquele caso do sueco. O emprego fora um cala-boca. Casa e comida em troca do meu silêncio. E um salário. Essa folga toda, que eu não desejara, deu motivo ao meu apelido. Primeiro Walesca, depois Duílio, depois Gino e os empregados, passaram todos a me chamar de Carioca – o Carioca. Os últimos, não carinhosamente. Viam em mim o explorador do casal, o boa-vida, o encosta-corpo, o agregado, o que não quer nada, nada mesmo, com o batente.

– Como é, seu Duílio? Alguma coisa para mim, hoje?

– Tudo certo, Carioca.

48 – O relações-públicas

Depois do que houve naquela noite, ao ter levado o balde de água fria na cara, Walesca rompeu com o clã de Paleardi. Nunca mais houve festinhas para os amigos dele. A nova concubina, porém, não era afeita à solidão e tinha necessidade irresistível de exibir-se como dona daquela esplendorosa mansão. O que adiantava viver num castelo que andava às moscas? Possuía belo e complexo palco giratório, mas onde estava a plateia? E Walesca fora atriz das mais badaladas em sua faixa de espetáculos. Sabia demais para entreter-se com psicólogos e psicanalistas como sua antecessora: precisava de script, luzes e palmas.

A bolação foi minha:

– Por que não dá uma festa para seus amigos?

– Boa ideia, Carioca. Todos sabem que abandonei o show, mas não que moro no Morumbi.

– Se precisar de mim para organizar a farra...

– Está convocado. O próximo feriado é dia 21. A festança será no dia 20. Vamos convidar todo mundo.

– Também jornalistas?

– É bom, pra não desaparecer das colunas. A gente nunca sabe o futuro.

– Tem uma agenda de endereços?

– Tenho, mas antes leve um beijo pela bolação.

Beijo no rosto, sim, mas de boca inteira, compacta, molhada.

Fiquei discando três dias, enquanto Walesca e Gino cuidavam da organização. Falei com vedetes, coristas, *stripteasers*, cantoras de musicais, crooners de boates, diretores e empresários de shows, humoristas, mágicos e pelotiqueiros. Todos os naipes do baralho noturno, não esquecendo os boêmios e durangos sem anotações na carteira de trabalho.

O patrão, ao saber dos preparativos da festa e vendo neles autêntico contra-ataque de sua grinfa, denotou alguma preocupação, embora sem vetar a iniciativa. Walesca, com toda a corda, não deu bola à fragmentária reação de Paleardi. Muito feliz, corria pela Mansione toda, dando ordens, ultimando detalhes, conferindo providências, tudo com a presteza e exigência de produtora dum grande espetáculo. Eu era seu lugar-tenente, o assistente geral e *script-boy* do papel que minha tropical patroa representaria no dia 20. O nome que mais se ouvia pronunciar pela casa, quero dizer, o apelido, era o meu, a todo momento, requisitado para dar informações, complementar tarefas, decidir alternativas e corrigir o já executado. O beijo de parabéns repetiu-se inúmeras vezes, tal era o empenho e o perfeccionismo com que eu me lançava à séria missão.

E chegou o dia dela.

49 – Um país tropical, abençoado por Deus

A festa desfechada pela minha ideia superou no visual de madame o êxito programado. Começou tarde, nas vizinhanças da meia-noite, o que trouxe alguma inquietação a mim e a Walesca. Depois da outra metade da noite, porém, na segunda meia, terminados os espetáculos, o pessoal foi chegando. Faróis de carros iluminavam constantemente os portões da Mansione. E, logo à entrada, os convidados, vendo a casa, vendo os jardins e vendo a ex-colega vestida de coral à porta principal do palácio, em sua pose recente, como uma princesa etíope cujo exército acabara de conquistar uma fortaleza europeia, ficavam boquiabertos, abismados, aparvalhados.

– Entre, minha gente! Vamos entrando.

O grupo de artistas, acostumado com cenários de papelão, painéis de mero efeito cênico, olhava quase com descrença o mundo concreto da nova Chica da Silva, aquela grande joia azul no peito, apresentando seu fidalgo italiano, o rico patrocinador de todos os horários de sua felicidade.

– Meu marido, Duílio Paleardi.

– Muito prazer, muito prazer, muito prazer.

– Seu secretário, Raul. Mas a gente chama ele de Carioca.

Esbocei meu desinibidor sorriso para que todos entrassem e se sentissem em casa. Era minha tarefa receber o pessoal, distribuir apertos de mão e abraços, acomodá-los ou fazê-los circular pela casa. Na festa do patrão fizera tudo isso, mas sem a satisfação de quem revela um novo continente, pois todos conheciam a casa. Desta vez, como um introdutor à ilha da fantasia, conduzia os amigos de Walesca por toda parte, inclusive aos espaços abertos, onde, já sem contenção social, se desenrolaria a segunda fase do *party*.

Gino, o finíssimo maître, atendia a todos impessoalmente, mais besouro que mordomo, enquanto a famulagem toda, convocada, olhava os convivas como invasores, gente da pior extração, que saltara os muros enquanto os cães estavam presos no canil.

Cumpridas minhas primeiras funções sociais, já na etapa de colocar mais uísque do que gelo nos copos, pude então deitar os olhos na variegada fauna que tomara conta da mansão. Lá estava Alfion, o queridíssimo costureiro das vedetes, com seu unissex prateado. O Mandril, mulata dos *spotlights*, ex-rival de Walesca. Mara Ryos, atriz e teleatriz de muitos pontos no Ibope. Tula e Duda, as conhecidas lésbicas do Orvietto, de terninho e gravata. O Pra Lua, extra e ponta com falas do teatro e da TV, sempre farejando oportunidades. Coca Giménez, a *strip* uruguaia, frequentadora das capas dos jornais vespertinos. Vera Morel, a grande *platinum* do cinema nacional. Rubiã, o cabeleireiro das *call-girls* e vedetes, detentor do Pente de Ouro do ano. Albertinho Limonta, ator de fotonovelas, implicado no tráfico de cocaína e heroína. A inolvidável Lilian Marçal, uma das veteraníssimas do gênero livre. Mon Gigolô, cafiolo e cantor de ritmos sul-americanos em fim de carreira. Joinha, pianista de caves e inferninhos. As moças da Lola, algumas freelancers do La Licorne, além de fumetas manjados como o Bolão, o Lorca, o Palheta e o Benê Bastos.

Dispondo desse elenco, linha de frente, a festa de Walesca, com aquele serviço de bar e restaurante, não dava para fracassar. Vencida a fase da postura, todo mundo descontraiu. As primeiras a se encontrarem foram Tula e Duda, que haviam brigado e aproveitaram o luxo da noite para fazer as pazes.

– Vi dois homens se beijando na boca – disse-me o Ranulfo de passagem.

– Não se escandalize – ensinei. – Você viu demais. São apenas duas mulheres.

Assim que pus as fitas no ar, o pessoal começou a dançar, alguns sem largar os copos. Como se bebia demais, não quis ficar na censura, registrando ocorrências, o que me pareceu antidemocrático. Comecei também a beber, animado com os resultados da festa, que eram parcela de meus esforços. Mas, ao contrário do que se pode imaginar, não houve grandes vexames pelo menos dentro da área construída. Apenas as moças da Lola se excederam um pouco e, embora não posso nem devo afirmar, parece que aproveitaram a extensão da Palhoça para faturar nas vizinhanças do paredão. Outra convidada que saiu um pouco da linha foi Lilian Marçal, que, ao ouvir pilhérias relativas aos seus sessenta anos, fora os que mamou, deu uma bofetada na fachada de Benê Bastos, o execrável colunista da madrugada paulistana. Mas tudo que a inolvidável fazia virava folclore e não tinha más consequências. Rubiã esteve bem quase sempre, a não ser quando teve um acesso de choro (tiveram de trancá-lo no banheiro), acusado de ter prejudicado propositalmente o penteado de Vera Morel.

Às tantas, os convivas foram para a parte externa, aconselhados por Gino, alérgico ao cheiro de maconha, e então as coisas ficaram mais espontâneas e menos concentradas. Uma das moças da Lola se jogou (ou foi empurrada) na piscina, e como não sabia nadar, teve de ser levada para fora por mais vinte pessoas que também não sabiam.

Seu Duílio, às vezes só, outras de braço dado com sua mulher, estava ora aqui, ora ali, talvez só preocupado com o roubo de objetos. E, honestamente, eu também, por isso não despregava os olhos da valiosa joia que madame carregava no peito.

Uma vez em que fui à minha suíte, buscar cigarros, vi a uruguaia Coca Giménez deitada em minha cama, com pouca roupa, certamente refazendo-se de bebedeira.

– É você, Albertinho? – perguntou, tonta.

– Sou – respondi, e apaguei a luz.

Acho que os homens não diferem muito no escuro, pois, realizada essa experiência, Coca continuou a chamar-me de Albertinho, apesar de ele ter barbas compridas, e eu não.

Então, vesti-me, sem acender a luz, saí, e depois voltei, ligando a geral.

– Desculpe, minha senhora, mas não pode ficar nesse quarto.

Regressando ao living, vi um fotógrafo batendo chapas da patroa. Gino, perto, não parecia satisfeito. Chegou a dizer "basta de fotos", mas nem o fotógrafo nem o seu modelo atenderam à ordem-pedido.

– Esse fotógrafo é de jornal? – perguntou-me o besouro.

– Não sei.

– Descubra!

Desde que voltara à Mansione, ainda não ouvira uma ordem do mordomo. Não havia dúvida: era uma ordem, o vice-patrão que falava. Me deu um empurrão.

– Vamos, pergunte, descubra.

Percorri toda a área descoberta da Palhoça e não encontrei o fotógrafo. Quando voltava para a Mansione, vi o homem saindo, às pressas, pelo portão escancarado. Corri atrás dele e perguntei-lhe se era fotógrafo de jornal.

– Sou – respondeu simplesmente, entrando no carro de reportagem parado à porta.

Antes que reencontrasse Gino, fui reencontrado por ele:

– O cara era de jornal?

– Era.

– Onde está?

– Já foi, tinha uma perua na porta.

– Devia ter tirado a máquina dele.

– Por quê?

– O patrão odeia publicidade – explicou Gino, sentindo-se responsável pelo acontecido.

– Ignorava.

– Se tivesse visto o fotógrafo, teria soltado os cães.

Gino virou-me as costas a passos largos, vibrando suas descontroladas antenas na direção da piscina, onde estava Duílio. Fiquei de longe, à espreita, protegido por um arbusto, e logo vi os dois, o patrão e o vice, confabulando, ambos mostrando a mesma e terrível preocupação. Tive vontade de procurar Walesca e contar-lhe tudo, mas era mais prudente ficar de fora, não me envolver, e diligentemente evitar escândalos entre os convidados, para não sujar mais a barra da Chica da Silva.

A festa, festança ou *party* só terminou às cinco, quando as moças da Lola, ensopadas, transpuseram o portão, trocando insultos com o Lorca e o Mandril. Dez minutos antes, a inolvidável Lilian Marçal havia sido conduzida sem sentidos para um dos carros.

Regressei à casa e, no Grande Living, em meio à desordem dos móveis, vi Duílio Paleardi mordendo um charuto apagado, com uma cara sinistra. Tive a impressão de que eu, Gino e Walesca seríamos despedidos na mesma noite.

50 – A dama-galã e o galã central

Passei por ele (Duílio), disse boa noite, ao qual não respondeu, e fui para a suíte, assoprando os vapores do álcool. Não deitei, apenas sentei-me na cama. Previa que a noite ainda não terminara, pelo menos para Walesca. Minutos depois ouvi que se discutia no living. Com pés de arminho, saí para o corredor e aproximei-me o suficiente para entender o que as vozes exprimiam.

Briga, Paleardi e Walesca.

– Você não devia ter convidado jornalistas.

– Mas por quê? Por quê?

– Não posso me envolver em bacanais. Sou homem de negócios. – A famosa frase: – Tenho um nome a zelar!

– Você sempre deu festas aqui.

– Não com a imprensa presente.

– O que tem se sair algum retrato no jornal?

– Pra mim pode significar muito.

– Todos os grã-finos dão festas e saem nos jornais.

– Não sou exibicionista.

– Vamos, diga no que uma notícia, um retrato, pode prejudicar sua reputação?

– Em muitas coisas.

– Acho que já entendo a bronca. (Pausa dramática.) Não quer que saibam que vive com uma mulata. É isso, não?

– Não é.

– É.

– Se fosse, não teria reunido meus amigos, como fiz outra noite. Não sou racista.

– Não era, mas ficou depois que viu a reação deles.

– Cago pra opinião alheia.

Ouvi a voz de Gino: não sabia que estava no living.

– Patroa, seu Duílio não é dessas coisas.

– Não te perguntei nada.

Duílio:

– Vá dormir, Gino.

Voltei depressa à suíte, para que Gino não me visse no corredor. Quando ouvi fechar a porta do quarto, retornei ao meu posto com redobrado interesse: do destino de Walesca podia depender o do secretário particular.

O tom agora era outro, o das velhas radionovelas. Nem ao menos faltava o pranto pungente da radioatriz.

– (Choro)

– Walesca, não chore...

– Você que me fez chorar.

– Deixe enxugar suas lágrimas.

– Você não vai falar com o repórter?

– Vou.

– Mas eu queria tanto sair no jornal! É bobagem morar numa casa como esta sem publicidade.

– Você não é mais atriz.

– Não sou, mas ainda gosto de cartaz.

– Faço um álbum só com fotos suas.

– Pra ninguém ver?

– Walesca, não seja tão vaidosa.

– (Chorando ainda mais.) Você tem medo de jornal como se fosse um delinquente.

Sorriso de quem ouve uma pilhéria absurda e sem graça.

– Walesquinha...

– Não vai ao jornal?

– Vou, mas só pra tirar meu nome.

– A foto fica?

– Fica.

– O repórter pode dizer que casei com um milionário?

– Pode.

O beijo da reconciliação.

51 – Conselhos de irmão para irmã

Na manhã seguinte ao feriado, Duílio Paleardi saltou da cama antes da hora costumeira, já esperado por Torquato com o Alfa. Gino, preocupado, foi junto. Vendo-os da janela, calculei que era mais um serviço do qual me dispensavam.

À hora do almoço, fingindo brincar com Sir Alexandre, persegui-o até o bangalô, onde, à porta, estava a pessoa que poderia me dar a dica.

– Saíram cedo hoje, não?

– Sim – respondeu Torquato secamente.

Eu, sem interesse aparente, afagando a cabeça do cão:

– Onde foram?

– Num jornal.

– Vamos correr, Alex, vamos.

Voltei à Mansione com um pressentimento que preferi guardar na geladeira. Para que grilar a pobre Walesca, tão ansiosa de reaparecer no noticiário?

À tarde ela me mandou comprar o jornal. Folheei-o dentro do carro. Depois, no living, perguntei-me com ensaiada curiosidade:

– Saiu?

– Nada.

Outra tarde:

– Nada.

Outra:

– Nada.

Out...

– Nada.

Então ela foi ao telefone. Eu estava por lá, mas fui para minha suíte à espera de tempestade.

Dez minutos depois (dez, em cima, contados no relógio) a porta da suíte abriu e pela primeira vez recebi a visita de madame. Vinha (como imaginara) furiosa, explosiva, derramando lágrimas.

– Que aconteceu?

– Ele foi ao jornal.

– Foi?

– Sabia que ia para mandar riscar seu nome, mas proibiu tudo.

– Quem contou?

– Um amigo do Zélio, o Zélio é o cara que escreve. Duílio deu uma nota preta pra ele não publicar nada.

– Seu Duílio fez isso?

A crioula sacudiu a cabeça na mais convulsiva e funda afirmação que já vi.

– F... e... z.

– E agora?

– Vou cuspir na cara do italiano e quebrar tudo.

Irmão e conselheiro:

– Não faça isso. Acalme-se.

– Ninguém vai me segurar.

– Onde ele está?

– Nas docas.

– Então tem tempo. Controle-se.

– Vou arranhar a cara dele.

– Nem diga que telefonou ao jornal. Esqueça.

– Você não me conhece.

– Mas conheço a vida. Tome um calmante.

– Nunca tomo calmantes.

– Então dê murros no travesseiro. Faça o que quiser: menos romper com Duílio.

– Por quê?

Mesmo chorando, o rosto lavado, a diaba não perdia o impacto, a luz e a sensualidade.

– Porque não vai encontrar outra mamata igual. Desculpe falar assim, é um irmão que lhe fala. Mas uma mamata assim – repeti a palavra vulgar – não aparece todos os dias. Você não vai perder tudo isso por causa dum retrato num jornal mixo. Você hoje é a senhora Duílio Paleardi! Isso que é importante! Entende?

Walesca sentou-se na cama, dobrou-se sobre o travesseiro amigo, descarregando emoções. A ursada doía, mas estava aguentando. Disse uns palavrões.

– Xingue, ponha pra fora.

– Desgraçado...

– Xingue, diga tudo que quiser dizer, mas não rompa com o capital.

– Ele é um filho da...

– Assim, assim. Faz bem.

Passei a mão fraterna e quente em seus cabelos e nas costas. Passei e repassei. Beijei-lhe a testa, respeitosamente.

– Fale mais palavrão, fale.

Walesca levantou-se, enxugou os olhos com o dorso direito da mão e saiu. Ganhara pontos, sim. Ela me atirou um beijo à porta. Apanhei-o no ar e guardei-o para a hora do lanche.

52 – A câmera submarina

Walesca foi por meus conselhos: engoliu a mágoa indigesta, acentuou a maquiagem para encobrir as marcas do ódio e procurou recuperação total junto ao verde do jardim. Um pouco de esporte lhe fez bem. Praticou tênis no paredão, exercitou-se nas barras de ginástica e frequentou a piscina.

Numa das muitas manhãs em que Duílio ia a Santos com Torquato e Gino (suas misteriosas viagens), vesti o calção, esgueirei-me até a piscina para não ser visto pelos serviçais, e o homem invisível mergulhou no azul clorado exatamente na hora preferida de Walesca. Dito e feito, minutos depois ela aparecia, rumo ao trampolim. Mergulhei para não assustá-la ou inibi-la com minha presença. Fui até o ladrilho, lá embaixo, segurando a respiração para depois dar um presente aos meus olhos.

Lá estava, sobre mim, o grande peixe matutino, a sereia do Morumbi, a dar rítmicas braçadas na superfície da piscina. Com mais reserva de oxigênio que um submarino, subi um pouquinho e dei um tapa no pé da deusa aquática, que levou um susto, mas mergulhou para a averiguação. Então, como dois amigos, há anos separados, que se encontrassem casualmente numa estação do metrô, vimo-nos cara a cara, sorrimo-nos e fomos ascendendo de mãos dadas. Na superfície, olhamos ao redor, e como vimos Lucélia ao longe, com uma cesta, descemos juntos, abraçados, entrelaçados, e antes que tocássemos o ladrilho, beijei-a na boca, lábios e línguas e cambiamos o ar de nossos pulmões, prolongando o mergulho às vizinhanças dum recorde mundial. Novamente na superfície, a resfolegar como náufragos, vimos desta vez Ranulfo que passava com o Bugre, e tornamos a afundar, já convencidos, de que a paz, a segurança e o prazer só existiam no fundo da piscina.

Walesca acabou se cansando antes desse esporte e saiu da piscina para apanhar o colchão pneumático. Sentou-se nele, aquecendo-se ao sol, mas com as longas pernas escuras dentro da água. A nova situação me agradou bastante, pois, sem ser visto, podia abraçar-lhe as pernas e beijá-las a partir dos dedos dos pés. Quando não via ninguém nas proximidades, minha patroa abria as coxas e permitia que o secretário particular do marido ajustasse a cabeça entre elas.

– Não morda tanto, Raul!

Cada bolha era um som molhado, uma palavra afogada. Respirava e voltava à posição.

– Mais um pouco.

Obedecia à ordem com presteza. Se não fosse tão bom tecido, teria rasgado a tanga com os dentes.

– Mergulhe, vem gente.

– Vem?

– A Durvalina.

Mergulhava, mas não até o fundo. Ficava oculto sob o colchão pneumático, o que dava para cheirar o ar, se forçasse o rosto bem para cima. Permanecia ali o tempo calculado que um empregado bem pago gastaria para percorrer os 25 metros da piscina, e então reaparecia.

– Ela já foi?

– Já.

Além de abrir cada vez mais as coxas, Walesca passou a usar as duas mãos espalmadas em torno de minha cabeça forçando-a de encontro àquilo (tão adequado no momento) que um livreco pornográfico comprado em banca de jornal chamava de úmido vértice. O trabalho labial, ainda desta vez, foi interrompido.

– Mergulhe!

Mergulhei, mas na afobação engoli água, fiz bolhas, e retornei à tona ainda a tempo de ver Célia passando. Voltei à posição anterior, facilitado por Walesca, mas já começando a sentir irresistível canseira. O interesse da patroa, superando os limites do original e do curioso, cresceu entre um intervalo e outro. Senti que todo o seu corpo se retesava, estremecia, pulsava e debatia-se. Receei que não tivesse mais condições de avisar-me, caso surgisse alguém. Tentei apressar o desfecho da cena, que já se fazia aflitiva, mordendo, sobre o pano, a genitália da patroa.

– Continue, continue... – ouvi, apesar das muralhas de carne que me bloqueavam os ouvidos.

Obedeci, embora envergonhado de minha covardia. Apesar da privilegiada situação, ainda pensava em meu emprego e segurança. Vi-me na piscina cercada pelos três cães atiçados por Duílio e Gino, condenado a morar sob o colchão pneumático. O pobre sempre encontra uma possibilidade de destruir seus melhores momentos de prazer. Os dedos da Vênus mulata puxaram para o lado a diminuta tira de pano que a separava do gozo. Então, esqueci os maus pensamentos e concentrei-me no grande atrativo matinal.

– Saia, pode ir agora!

Mergulhei, atingi a margem da piscina, onde o dobermann, com ar gaiato, me aguardava, saí e voltei depressa, quase correndo, para a suíte, arrancando o calção colado no corpo. Tive sorte em não prolongar o episódio aquático: passos duplos no corredor. Eram Duílio e Gino que, muito antes da hora costumeira, voltavam para a Mansione. Já vestido, fiz com que me vissem.

– Onde está a patroa?

– Parece que na piscina, seu Duílio.

– Está uma boa manhã. Também vou dar umas braçadas.

Fui olhar-me no espelho para ver se meu rosto refletia um grande susto ou um grande prazer, sensações igualmente suspeitas. Refletia as duas. Dirigi-me à copa e procurei desativar emoções com três doses consecutivas de uísque puro. Conferindo os resultados numa volta ao espelho, rumei para a piscina em paz. Logo à distância vi Duílio e Walesca sobre o colchão pneumático abraçados, juntinhos, sorridentes. Desta vez, a novidade do ciúme me surpreendeu, ciúme com sintomas clínicos, como nó na garganta, taquicardia, descontrole do maxilar, rarefação de saliva e ebulição estomacal. Então, o hidro-Otelo, não suportando o despeito de espectador, virou as costas e foi afagar a cabeça do dobermann.

53 – Enfim, sós

Walesca ficou realmente impressionada com a atuação da câmera submarina e, também para se vingar do homem mau que impedira a veiculação de sua foto, dois dias depois da erótica ocorrência deu três pancadinhas cautelosas na porta da suíte, no veludo duma tarde de verão.

Quando abri a porta, Walesca não disse nada, apenas sorriu, entrou e começou a despir-se. Se estivéssemos em dezembro, diria que era o próprio Papai Noel, travestido, que ali estava para presentear a pobre e sonhadora criança. Tive a impressão de que via pela primeira vez uma mulher nua. As outras eram homens falhados, com defeitos de fabricação, amputados, com mais ou menos curvas e seios. Fui desvestindo-me vagarosamente para que nenhuma precipitação ou temor prejudicasse a perfeição do momento. Também não disse nada, como se as palavras, com sua inutilidade, pudessem retardar ou apressar emoções. Não queria incorrer em erros do passado, que a imaginação retroativa às vezes tenta corrigir. Além do mais, grato, via naquilo, mais que um presente, uma indenização do destino pelo que me fizera sofrer com a traumática Marlene.

Meia hora depois, quando Walesca saiu de minha suíte, julguei que, saciada a curiosidade que lhe instigara na piscina, não voltasse mais ao ninho de amor. Voltou, porém, outras duas vezes naquela mesma semana, mais duas na semana seguinte, duas na outra, uma na primeira quinzena de abril, nenhuma na segunda. Não acreditei que se cansara do atuante secretário particular ainda com muitos tiques sexuais não explorados de seu repertório. Observei, sim, que aos poucos ia se portando como madame, e não mais ocasional concubina.

Quatro meses depois da visita à minha suíte, Walesca já não choraria por causa dum retrato no jornal: queria conscientemente ser a senhora Duílio Paleardi, com possibilidade de casar-se mesmo com ele, esquecer as velhas amizades noturnas e ajudar crianças excepcionais. Agora a famulagem já a aceitava. Um ou outro elemento do clã de Duílio aparecia lá, levando flores, chocolates, querendo estreitar relações. As barreiras sociais e do preconceito de cor caíam uma a uma. Uma delas quase desabou sobre meu pé. E, numa noite, gloriosa para a desenvergonhada mulata, ela, rompendo de vez com o samba, amputando suas raízes afro-brasileiras, acompanhou o marido à ópera do Municipal para assistir a *O barbeiro de Sevilha*. E o pior de tudo: gostou.

Depois dessa noite de status e gala, Walesca não quis mais nada comigo. Eu fora o confidente, o amante duma indecisa fase de adaptação. Era ainda o homem do lado de lá, alguém igual a ela, que só por acaso talvez desfrutasse as regalias da Mansione. Agora queria segurança e permanência naquele cenário maravilhoso, ar-condicionado, óculos de ray-ban e aquela joia azul pregada no vestido. Mesmo como entretenimento vespertino, eu deixara de interessá-la.

Sem ser útil ao patrão e à patroa, senti que caía no vazio. Naqueles seis meses jamais os jornais voltaram a falar do sueco assassinado. A polícia já devia ter arquivado o caso. E, pensando bem, Duílio teria mesmo algo a ver com aquilo? Eu começava a duvidar. Por outro lado, a famulagem tratava o Carioca com hostilidade. Lucélia, que, diziam, ia casar com Torquato, era minha maior inimiga: pichava-me por toda parte, comandando possivelmente a campanha contra mim. E Gino? Gino sempre refletia o que o patrão pensava das outras pessoas: tornara-se indiferente, evitando o diálogo e novas intimidades. Tão estranho ia ficando na Mansione, que eu perdia a naturalidade para frequentar a piscina e a ala esportiva.

54 – O final infeliz

Certa manhã acordei com a certeza de que já estavam pintando de azul minha carta de demissão, tudo porque, na noite anterior, no living, vira Duílio e Walesca conversarem a olhar para mim. Disse-me o radar que falavam a meu respeito, trocavam-se consultas, tomavam decisão. Eu me tornara um dois de paus. Iria Duílio Paleardi manter-me às suas custas o resto da vida, como se eu fosse um item do imposto sobre a renda? E Walesca, antes minha protetora, também sentia comichões (era visível) de virar a minha página do seu empolgante diário.

Fiquei mais quinze dias ainda.

Num 10 de junho, antes do almoço, pancadas à porta de minha suíte. Gino.

– Seu Duílio quer falar com você no escritório.

Fui.

O senhor Paleardi estava sentado à escrivaninha à minha espera. Na mão, um envelope. Nem me deu chance para sentar.

– Leia.

Abri o envelope, retirei um papel cuidadosamente datilografado e um cheque. Não confrontei os números de um e de outro.

– O que é isso? – perguntei bobamente.

– Salário, férias proporcional do décimo terceiro, aviso prévio e uma gratificação. O Fundo de Garantia será depositado segundo a lei.

– Estou sendo despedido?

– Lamento muito, Carioca, mas certa infelicidade nos negócios me obrigou a cortar despesas. Minha vida é uma montanha-russa, altos e baixos.

– Compreendo.

– Tinha certeza que sim, Carioca.

– Tudo bem.

– Vai voltar ao Rio?

– Não sei ainda.

– Volte, o Rio é a mais bela cidade do mundo.

Apertei a mão de Duílio e fui para a suíte fazer a mala.

Batidas na porta, Gino outra vez.

– Vou fazer uma coisa feia, Carioca, mas são ordens.

– Coisa feia? O quê?

– Revistar sua mala... e você.

A pausa da humilhação:

– Reviste a mala enquanto vou dizer adeus a Sir Alexandre.

Saí da suíte e fui para o jardim. Onde estaria meu querido Alex? Na quadra de tênis? No galpão? Na pérgula? Na garagem? Entrei na garagem e passei pelos carros. Fixei o olhar no Alfa. Alex, como se pressentisse, apareceu à porta, tristinho. Fechei a porta do carro e fui afagá-lo e beijá-lo.

– Ciao, Alex! Quem sabe a gente ainda se vê. Mas duvido.

Voltei à suíte.

Gino já revistara a mala.

– Tudo OK?

– Agora vou revistar você.

– Reviste.

Ergui os braços como se me apontassem um revólver. Mas não foi uma revista *pro forma*. Até as bainhas do paletó e da calça foram fuçadas.

– Tire os sapatos.

– Nada como ter um passado limpo, não?

– Não se ofenda, fazemos isso com todos os empregados que saem.

– E se nada encontram mandam pra cadeia, eu sei.

– Pode calçar.

– Sabe, Gino, o mais seguro seria um exame de fezes. Há ladrões que preferem engolir certas gemas.

– Tudo formalidades, nada pessoal, Carioca.

– Nem me despedi de madame.

– Está com enxaqueca.

A maldita crioula já sofria de enxaqueca.

Peguei a mala com um pedido:

– Gino, será que o Torquato pode me levar no Alfa até o centro?

– Já providenciei.

– Vocês são camaradas.

Saímos da Mansione, eu já com a mala, e fomos esperar Torquato. Logo ele chegou, mas com o Mercedes.

O motorista:

– Vamos, Carioca.

– Por que não vamos de Alfa? Mercedes é muito luxo pra mim.

A resposta soprada pelo demônio:

– O Alfa está com defeito. Carburador.

Fiquei parado, pés afundando no pântano.

– Adeus, Carioca! – Gino.

Com a cabeça baixa, carregando a mala, que passou a pesar uma tonelada, fui sentar-me ao lado de Torquato. Lancei o último olhar à Palhoça, o grande transatlântico que minha má sorte torpedeara.

– Pode ir, Torquato.

55 – A atualidade dum velho provérbio

Enquanto Torquato, monossilábico, me levava ao centro, no Mercedes, eu tecia justas considerações sobre o passado mais recente: eu fora o único culpado do esfriamento de minha ex-patroa. Lembram-se de quando a aconselhei a não romper com Duílio? Quando, como irmão ou bom amigo, abri-lhe os olhos para que não perdesse a grande mamata? Recordem, ela chorando no meu travesseiro, desativando sua bronca, para continuar como senhora daquele continente encantado. Bem, eu a orientara assim, falara-lhe como se fosse minha protégée, ajudara-a a afogar o orgulho nas lágrimas, mas não, confesso, porque me preocupasse o seu futuro. Queria, sim e somente, revelo, que não abandonasse a Palhoça Paleardi precipitadamente, antes que a possuísse. Tirara o doce da mão do diabético para comê-lo e não para evitar-lhe uma crise. E, então, o velho e testado provérbio, "o feitiço vira contra o feiticeiro", atingiu-me com sua lógica, que eu supunha já sem corte.

Adeus, bela e tórrida mulata, você está certa em agarrar o seu homem porque o dinheiro, se não faz a felicidade, manda buscá-la. E obrigado pela endovenosa emoção que me aplicou naquelas doze ou quinze tardes, na suíte, e principalmente a dose da piscina naquela ensolarada manhã.

Olhando pela janela do carro, pensava também em Duílio Paleardi, o grande enigma que não conseguira decifrar, e em Gino, o cupincha ideal para qualquer nababo que tivesse um grande segredo. Quanto à criadagem... Ora, a arraia é a arraia. Nem os socialistas podem contar com ela.

Pensei depois em mim. Não era mais hóspede da Palhoça Paleardi nem podia enumerar Alex entre meus íntimos. Urgia encarar o futuro. Voltaria ao SÃO PAULO À NOITE? Aos jogos eletrônicos? Aquele paraplégico rico precisaria ainda dum professor de natação? Tirei o envelope do bolso. Li então todo o cheque com o interesse que se dispensa a uma obra-prima da literatura.

E eu que nem pensara nele! Havia ali vários salários! Em que época de minha vida tivera tanto dinheiro? Apesar dos descontos, daria uma boa entrada para a compra dum carro. Seria dono dum táxi! Este já fora meu sonho. Ou devia adquirir ações? Muitos paulistas enriqueceram assim. Ou era mais seguro o mercado imobiliário? Compraria um terreno e esperaria a valorização. Sensato. Ocorreu-me, ainda, comprar uma charutaria. Talvez me tornasse independente. O charmoso charuteiro da esquina.

– Onde vamos descer, Carioca?

– Na Praça da República.

– Então, chegamos.

– Lá está o banco. Pode parar.

Torquato brecou. Senti que queria fazer uma pergunta, e fez:

– Por que foi mandado embora, Carioca?

– Corte nas despesas.

– Corte?

– Seu Duílio disse que está de caixa-baixa.

– Mentira.

– Mentira?

Os empregados às vezes sabem de tudo:

– Ele acaba de comprar um tremendo apartamento no Guarujá. Exigência da patroa. Ela não quer mais passar os fins de semana na cidade.

– Tem certeza, Torquato?

– Não é bafo, não. Vi a papelada.

– Já mobiliaram?

– Compraram mobiliado. Domingo já devem estar lá.

– Ciao, Torquato.

– Boa sorte, Carioca!

56 – A vida é uma montanha-russa

*L*embrei-me de fazer uma importantíssima pergunta a Torquato, mas já tinha partido. Fui descontar o cheque. A inflação, embora desvalorize o dinheiro, dá maior ilusão de fortuna quando se tem algum. Precisei guardar na mala o maço de notas que recebi no guichê. Em seguida, fui a pé até um hotel de terceira, na Rua Vitória, onde já estivera hospedado, antes da pensão dos Campos Elíseos.

Entrei no quarto (com pia) e me joguei de mala e tudo na cama. Repeti uma frase do filósofo Duílio Paleardi, que lembraria outras vezes em minha existência:

– A vida é uma montanha-russa.

Agradava-me o pueril visual. Ele me transportava a todo um parque de diversões com muitas cores, pipocas e músicas de alto-falantes. Filosofia estimulante porque sugeria sempre uma subida depois da queda. O balanço e contrabalanço dos impulsos. O destino humano atado a imutáveis conceitos físicos. Até onde ir com minha mala?

À noite fui a diversos inferninhos da Vila Buarque: o álcool me ajudaria a tomar decisões e me entusiasmar por elas. O táxi? As ações? O terreninho? A charutaria? Ou uma escola de ioga? Ou de esperanto?

A vida é uma montanha-russa.

Queria me agarrar a esta ou qualquer outra definição, precisava de uma para amarrá-la à minha cintura.

Voltei para o hotel às quatro, bêbado, a julgar pela maneira e atenção do porteiro. Dormi até o meio-dia. Tomei banho, vesti-me, almocei e pedi a conta da muquifenta hospedagem. No bolso, todo o dinheiro. Agora queria sentir o peso e a responsabilidade junto à pele.

O táxi? As ações? O terreninho? A charutaria? Ou, além das escolas de ioga e esperanto, um curso rápido de como palitar os dentes? Sabendo ou não sabendo o que fazer, tomei um expressinho.

Ainda não conhecia a ilha do luxo paulistano. Lá estava o grande mar azul onde começara ou terminara muitas de minhas peraltices. Seu velho cheiro em minhas narinas. O que ele significava de liberdade, fuga e ambições. Fiz sinal a um charreteiro, para dar uma volta pela ilha com pala de turista, e já colhi o primeiro sorriso desde minha saída do Morumbi. Era o ambiente requintado de muitas de minhas fantasias. A cada olhar, ia filmando os edifícios de apartamento, hotéis, as belas casas à beira-mar, as ondas e os raros banhistas.

Para economizar, pensei em hospedar-me num hotel dos mais baratos, mas ainda vivia a atmosfera da Mansione. Lembrei-me: no Rio, sempre fumava um charuto quando as coisas iam mal. E tomava uma champanhota, se iam ainda pior. O luxo e o conforto, como certas substâncias vegetais aromáticas, servem para afastar o azar. Creio nisso, sim.

– Como se chama aquele hotel?

O charreteiro:

– Delfim.

– Pare na porta.

No apartamento, liguei a televisão a cores e pedi um uísque escocês. Precisava completar algo que iniciara na Palhoça, mas antes merecia alguns dias de repouso. Até sexta-feira nadei na piscina e no mar, frequentei boates e bebi muito. À noite desse dia comecei a ficar inquieto. Pensei na montanha-russa e senti o vento bater-me no rosto. Estaria com impulso bastante para nova subida?

57 – O trabalho

No primeiro sábado, logo cedo, lancei-me ao trabalho. Entrava em todos os edifícios e fazia perguntas aos porteiros. Depressa entendi que seria tarefa exaustiva. Passei então a indagar apenas nos prédios de melhor aparência. As respostas eram sempre insatisfatórias, mas não podia desistir: se não fosse bem-sucedido no sábado e domingo, teria de esperar mais uma semana.

Ao meio-dia, no almoço, permiti-me duas horas de descanso. Ao retornar ao serviço, de edifício a edifício, falsificava uma paciência que já me faltava. Às vezes, parava num bar, tomava um café ou mineral, e prosseguia. Às seis, no entanto, decidi interromper até a manhã seguinte. Dava pena a exaustão daquele operoso homem que foi dormir.

No domingo usei técnica diferente: fui correr as praias, olhando um a um os banhistas, no mar, na areia ou fora dela, como estranho e curioso habitante dum país onde não existisse água.

Ameaçado de insolação, a julgar por uma terrível dor de cabeça, refugiei-me num bar, onde bebi várias garrafas de mineral antes de passar para caipirinha. Recuperado, regressei às praias, mas já sem ânimo algum.

À noite, na cama, passando óleo no corpo, considerei que perdera a semana. Nova oportunidade só no próximo sábado, mas então já devia ter a resposta à minha ansiosa pergunta. Durante os dias seguintes, em várias ocasiões, peguei o telefone, mas sempre recuava, certo de que minha voz seria facilmente identificada. Não podia correr o risco. O que acham?

Todas as manhãs, agora sem banho de mar, retornava à obsessiva pesquisa. Entretenimento, só à noite, nas boates, quando bebia demais e dançava com as prostitutas disponíveis. A uma, que me pareceu Walesca, levei para a cama, não porém como amostra grátis.

Naturalmente sempre pensava em desistir, sobretudo depois dum inútil dia de calor. Na manhã seguinte, no entanto, nova onda de esperança me puxava pela mão, e lá ia eu correr os edifícios. A ilha não me pareceu tão grande a princípio: agora adquiria dimensões continentais.

Uma semana perdida para quem tinha um propósito.

No sábado, lastimando ter levantado tarde, por causa duma sexta-feira dipsomaníaca, fui plantar-me à boca da ponte para observar os carros que entravam na ilha. Tarefa mais cansativa para os olhos do que para os pés. Felizmente, tive a ideia de levar um chapéu de palha, que me protegeu doutra ameaça de insolação. Voltei ao hotel às quatro, queimado, a vista ardendo e os nervos em pandarecos. Não repetiria a experiência no domingo.

Repeti a tentativa anterior, a de correr as praias, de preferência as mais chiques, perto dos edifícios mais vistosos. Fui de calção para entrar na água quando não suportasse mais o sol.

Num desses vaivéns ao mar, vi Duílio Paleardi! Sim, era ele, meu ex-patrão! Ficava menor na grandiosidade da praia e menos aristocrático em calção de banho. Dirigia-se a passos curtos para uma elegante barraca, onde o esperavam a fabulosa Walesca, tanga e bustiê vermelhos, largada numa rasteira cadeirona de praia, e Torquato, fardado, com aquele calor.

Fiquei à distância, meio de lado para não ser reconhecido, mas com os olhos bem abertos, talvez com inveja de não ver entre eles aquele que fora o secretário charmant, tão capaz na organização e animação duma festa.

Mas não era propriamente os Paleardi que eu procurava. A mim, pouco importava sua barraca de praia com geladeira portátil, embora ainda fosse capaz de arrematar a tanga e o bustiê de Walesca das mãos de qualquer leiloeiro sádico. Voltei ao mar, chupei um sorvete, fixei de maneira torpe as pernas de algumas banhistas e vi depois Duílio e Walesca afastando-se, enquanto Torquato desarmava sem nenhuma prática a barraca.

Os Paleardi haviam comprado apartamento de andar inteiro num amplo edifício próximo à praia onde casualmente os encontrara. Primeiro entraram eles, Duílio e Walesca, eu no bar fronteiro, tomando um *sour*. Esperava por Torquato. Qual era o carro que trouxera da Palhoça? Qual? Nervoso, engoli outro *sour*. Qual?

Uns vinte minutos depois, Torquato aparecia. Eu não estava com sorte: ele viera com o utilitário, talvez para trazer roupas e objetos da Mansione. Outra semana perdida.

À noite, fui drincar num bar-boate, calculando o dinheiro já empregado naquele investimento, e já decidido a mudar-me para uma pensão, quando alguém, atrás de mim, bateu-me no ombro. Voltei-me e defrontei-me com uma esplendorosa mulher que me ofertava um sorriso inteiriço e úmido.

— Não, não confirme que é você – disse ela.

— Só confirmarei se você também confirmar.

— Ana Maria, escolinha Os Sete Anõezinhos, Ipanema.

— Raul, motorista da escolinha Os Sete Anõezinhos, Ipanema.

— Mesmo assim duvido: está muito chique!

— A sorte existe!

— Ganhou na loteria?

— Coisa parecida!

— Isso que é coincidência! Nós, no Guarujá!

— Não é tanta coincidência assim. Sabia que seu marido é paulista e que vocês têm apartamento aqui.

— Nós nos separamos.

— Sabia disso também. Por isso, aproveitei as férias para vir procurá-la.

— Não doeu a mentira?

— Fale com os porteiros dos edifícios. A todos perguntei de você.

Ela riu, era o que fazia mais e melhor.

— Sabe quem está comigo? O Miltinho!

Miltinho era o filho único de Ana Maria, um chatérrimo garoto duns cinco ou seis anos.

— O Miltinho! Que saudade! Uma simpatia de menino!

Ana Maria apontou um pequeno grupo no fundo do bar.

— Raul, estou com amigos. Não se importa de se enturmar conosco?

— Só se prometer livrar-se logo deles.

— Prometido.

58 – A grande lua tropical

Ana Maria foi minha mais importante conquista da fase dos ônibus escolares. Devi a ela a crença em dias melhores. Todas as manhãs parava o veículo diante de seu palacete, no Leblon, para apanhar o Miltinho, o mais mal-educado da classe, e o levava aos Sete Anõezinhos. O motorista que me antecedera, um bruto, corria demais e não cumprimentava as crianças. Eu, ao contrário, dirigia com vagar e cuidado, embora, às vezes, morto de sono, brincava com os petizes e papeava furado com suas genitoras. Após breve conversa à porta do palacete sobre as barbaridades do trânsito, eu e Ana Maria ficamos conhecidos, amigos, amicíssimos e, afinal, algo mais. Demitido da escola, algum tempo depois, voltei a encontrar-me com ela apenas mais uma vez. A maldita barreira social nos separou e mesmo quando a soube desquitada, não adiantou mais. No Guarujá, mais de um ano depois, voltei a lembrar de Ana Maria, com persistência, numa fixação típica dos solitários, até que o destino nos levou ao mesmo endereço.

Pouco tenho a dizer desse interlúdio insular porque não foi torturado por problemas e obstáculos. Encontrávamo-nos todas as manhãs na praia e íamos à noite a teatros e boates em Santos, enquanto Miltinho ficava no apartamento sob a guarda duma babá alemã. Tentando aliar o útil ao agradável, e sempre ostentando boa situação financeira, pensei em casar-me com ela. Mas Ana Maria, como se a vida fosse um cartão-postal, só estava interessada em beijos ao luar, passeios românticos e prolongadas relações sexuais. Às vezes, sensato, eu sugeria que Miltinho precisava dum pai: logo defrontaria o perigo dos tóxicos, das motocas e das armadilhas do sexo. A fútil mamãe, porém, não se mostrava preocupada com o filho, lamentavelmente voltada para as frivolidades sentimentais.

Nos três fins de semana seguintes tornei a ver os Paleardi: na ponte, com a Rural, uma vez diante do apartamento com o Mercedão, e o Torquato, com a Bugatti. E o Alfa, tão cômodo, por que não traziam? Por quê? Teriam vendido o Alfa? Essa possibilidade me apavorou.

Não era, é evidente, nos meus ex-patrões que me concentrava durante a semana. A manhã e a noite eram de Ana Maria. Ela possuía uma pequena lancha que eu dirigia enquanto a feliz desquitada esquiava com um equilíbrio invejável. Eu poucas chances tivera nessa modalidade, e só servia para que a mamãe, o filhinho e a babá rissem de minhas quedas espetaculares. Ocasiões oportunas para me aproximar do menino e tentar conquistar-lhe a amizade. Prontifiquei-me a ensinar-lhe a nadar, mas o diabinho nadava melhor do que eu. Permiti-lhe que me chamasse de titio, tio Raul, porém não aceitou a permissão. Na praia, procurava brincar com ele, enterrava-me todo na areia, para que a palhaçada nos aproximasse, comprava-lhe sorvetes e doces, sem que pudesse com o troco adquirir algum laço afetivo. Ele só se ligava à mãe e à babá e ao mar: eu era ainda o perigoso motorista que poderia levá-lo de volta à escola.

Vinte dias depois de reencontrar Ana Maria, verificando o que me restava no cofre do hotel, levei-a a um bar noturno, muito discreto, com gente bem e pianinho em fundo, para uma conversa muito séria.

– Ana Maria, queria fazer-lhe uma confissão: estou apaixonado por você.

O tipo da frase que sempre soa falso, mas não soou:

– Isso é bom de ouvir, Raul.

– Uma paixão definitiva.

– É ótimo.

Um pouco de drama:

– Mas não podemos continuar assim.

– Assim como?

O careta explicou:

– Nesse relacionamento ilegal.

– Raul, você dizendo isso?!

– Quero casar com você.

Ela contraiu o rosto:

– Verdade?

Lembrei-me da frase mais antiga que já vi no cinema:

– Amá-la foi a coisa mais bela que fiz em toda a minha vida.

Todas as grandes atrizes do cinema norte-americano ficavam sensibilizadas ao ouvi-la e entregavam os pontos a três minutos do "the end". Com Ana Maria não se deu o mesmo.

– Mas eu não quero casar. O desquite me deixou numa situação ótima.

– Ana, não se preocupe tanto com dinheiro. Há coisas mais importantes.

– Quais?

Deu um branco e não consegui citar nenhuma.

– Nesse caso, é melhor acabar tudo – disse, retirando meu time de campo.

A cínica:

– Raul, não houve nada entre nós. Simplesmente estivemos em férias.

Tentei outra frase de efeito:

– Meu coração nunca trabalhou tanto.

– Para mim, foi tudo delicioso. Mais do que qualquer casamento.

– Ana, pense no Miltinho. Quer que ele cresça sem pai? Quer?

– Ora, ora... Ele vê o pai quase todos os dias. São inseparáveis.

– Não é a mesma coisa.

– Miltinho adoeceria se eu lhe impusesse outro pai.

Pus uma bomba-relógio sobre a mesa:

– Já que é assim, vou embora amanhã.

Com seus dedos pintados e perfumados desmontou a bomba:

– Eu também vou embora amanhã.

– Vai?

– Deixo o Miltinho no Rio, com o pai, e parto para a Europa. Quer ir comigo?

Baixei a cabeça, envergonhado:

– Como amante, nunca!

– Vamos, Raul, agora você tem dinheiro.

– Só em lua de mel.

– Puxa, já é tarde!

Na manhã seguinte, Ana Maria, Miltinho e a ama partiram no seu luzidio Landau. À porta do edifício, lá estava eu para a última tentativa. Fixava-me no menino como se estivesse a caminho dum internato. Aliás, era onde o meteria se casasse com sua mãe. Afaguei a cabeça do garoto, mas o insensível, doido para viajar, empurrava-me a mão, de cara feia:

– Vamos embora, mãe. Esse homem é chato.

Chato era a puta que o pariu.

Ana Maria atirou-me um beijo transparente por causa do sol forte e engatou a primeira. A babá, acostumada talvez às aventuras da patroa, nem se despediu de mim.

Fui à gerência do Delfim e pedi a conta. Sobravam-me apenas seis mil cruzeiros.

Cheguei a ir à rodoviária para comprar passagem para o Rio, mas no guichê mudei de ideia. Resolvi ficar em Santos. Algo muito importante ainda me prendia ao estado.

59 – O vagabundo das docas

Hospedei-me num quarto sem banheiro, num hoteleco do cais, muito barato, apesar do pitoresco que oferecia em seu interior e pelo visual ardido das janelas. Era um casarão do início do século, de esquina, pintado de azulão. Fui alojado no terceiro e último pavimento, a sessenta degraus do solo e a vinte passos do banheiro coletivo. Ao abrir a porta, lembrei a suíte da Palhoça Paleardi e o apartamento do Guarujá: a montanha-russa. Felizmente, não havia *groom* à espera de gorjetas.

Com um tanto de nojo de deitar-me naquela cama, sentei-me numa cadeira manca, vendo uma torneira que gotejava na pia. Lembrei-me de Ana Maria e tive vontade de esbofetear-me. Não me esbofeteei, mas dei um pontapé na bunda do Miltinho. Perdera o táxi, as ações, o terreninho, a escola de ioga, tudo. Contei e recontei o dinheiro: teria de espichar. Nunca fora bom ganhador de dinheiro, mas ótimo espichador. Cansado, estiquei-me na cama e, dormindo ou acordado, sonhei que os Paleardi chegavam ao Guarujá com o Alfa Romeo, o que me salvaria.

Com medo de enfrentar a nova barra, só desci para a rua bem tarde da noite. Sabia que as docas de Santos eram pesadas e marrons. Fizera meu curso no porto do Rio, mas já perdera o diploma. Ganhei coragem, desci. Virei a primeira rua e fui andando. Passei por antigas vias estreitas, cheias de gente, com bares enfileirados, *served by girls*. A princípio, passava e olhava. Mais tarde, comecei a entrar nos botecos, tomava chope. Para estudar o ambiente. Observei, nas caixas, sempre uma mulher ou homem queimado pelo sol de outros países: alemães, húngaros, nórdicos, gregos, coreanos, chins. Podia apostar em que tinham tido botecos iguais em Hong Kong, Xangai, Bombaim, nos confins. Havia transado com gente igual nas docas do Rio. Assim como apontavam o dedo-duro, eram capazes de esconder um protegido, bom freguês, na despensa ou no telhado. Só otários ou falsos malandros brigam com taberneiros do cais. Ao pagar a conta, direitinho, sorria para quem estivesse na caixa, fazendo circular minha cara e minha simpatia.

Nas primeiras noites entrei em dezenas de botecos, comedouros, frege-moscas e boates com shows de strips ou travestis. Certamente não esbanjava, jogando gelo no uísque. Se houvesse conjuntos musicais, apenas marombava, para evitar o couvert. Num tal Istambul, estreei como dança-rino, tirando uma lourinha desbotada que se impressionou com a honesti-dade do meu bolero. Mas não me fixei, logo trocando-a por uma morena pestanuda, equatoriana, e depois por uma *platinum*, figurante dos filmes de Clark Gable. Nada de envolvimento, apenas relações.

Não foi à noite, contudo, que faturei os primeiros pichulés. Foi num fim de tarde, num *served by girls*, onde me aproximei de alguns embarcadi-ços porto-riquenhos que jogavam dados. Como quem pretendesse apenas entreter-se, sentei-me com eles e, interessado em praticar inglês, pedi para entrar no jogo.

Eu, que fora rei do *craps* e do vinte e um, sabia que a ciência ou arte de alcançar pontos altos consiste em colocar dados na mão com a face do número seis voltada para cima e atirá-los num impulso curto, seco e contro-lado. Depois de exercitar-se só um milhão de vezes, a gente consegue um seis em cada três arremessos. Às vezes, em cada dois. Os porto-riquenhos, que pensaram que eu fosse um loque, levantaram-se da mesa ao perder vinte dólares. Dinheiro para dois dias. E, mais que isso, a certeza de que ainda estava em forma.

Comprei um par de dados e fui treinar no quarto do hotel. Tinha de ajeitar o seis na palma da mão bem depressa, para não despertar suspeita ou reação, e acertar infalivelmente a força da jogada como a dosagem dum remédio que envolve risco de vida. A mão precisa estar bem sequinha, leve e flexível. Cheguei a tirar quatro seis consecutivos e cinco seis esparsos em dez lances. Essas marcas equiparavam-se às melhores que já obtivera nos bares da zona sul do Rio.

Mais confiante, e com meus próprios dados, cujo peso não me causaria estranheza, voltei aos bares das docas à procura de marinheiros e embarcadiços estrangeiros. Sem ser ministro da Fazenda, entendi que compensava mais trabalhar com dólares, e eu tinha vinte deles. Descobri também que os jogadores de dados davam preferência a determinados botecos. E foi nesses que decidi fazer ponto.

Quem por eles passasse, todos os dias, das duas às sete, certamente teria o prazer de ver-me jogar com marítimos das mais variadas bandeiras. Mas a suecos e noruegueses eu evitava, pois costumavam arremessar os dados com canecas, depois de agitá-las com eficiência de liquidificador, reduzindo minhas possibilidades.

No segundo dia, apenas cinco dólares, dez no terceiro, quinze no quarto e no quinto voltei a ter a sorte do primeiro dia. Ganhava invariavelmente, tendo apenas perdido para um maldito argentino, não marinheiro, que sem contestar meus truques os usava com melhores resultados. O fato é que na primeira semana de jogatina não buli no capital, paguei todas as despesas, e ainda me sobraram uns trinta dólares.

Como já devem ter percebido, eu passava todos os dias nos bares do cais, a não ser nos sábados, quando ia ao Guarujá, reajustar ambições. À distância, sempre via os ex-patrões na praia, sob a barraca ou passeando de Mercedes. Nunca o Alfa. Duílio engordara, ao contrário de Walesca, que perdera alguns quilos, ainda mais sexy e chamativa. Certa manhã, ao sair da água, a mulata arrivista me viu, fingiu que não, e correu a segurar o braço de Paleardi.

Foi a necessidade lúcida de cortar despesas como hotel, lavagem de roupa e café da manhã que me aproximou de Talita (April Jones), stripteaser do Alcazar, a boate mais cara do porto, frequentada por comandantes de cargueiros, corretores de imóveis e cavalheiros em férias à procura de ambientes típicos ou autênticos. Tivera uma tarde feliz no *craps* e podia sentar-me numa mesa de pista, vestindo o melhor terno que Duílio Paleardi me comprara.

Assim que Talita começou seu número, eu, que já a conhecia de vista, comecei o ataque pondo em ação todos os sorrisos e expressões do meu arquivo. Talita, que também já me vira no cabaré, mas não tão privilegiadamente acomodado, fez uma cruz em minha testa e dirigiu a mim seu competente trabalho. Não era nenhuma beleza, mas naqueles dias de agruras mais importava um bom coração.

Na hora de atirar as peças íntimas, o suspense erótico, que é tudo na arte, brindou-me com seu negro porta-seios, atirado num voo de pássaro.

Terminado o show, o moço da mesa de pista foi devolver a peça:

– Se não me engano, isto é seu.

– Gostou do número?

– Você mereceria estar num lugar melhor.

– O Alcazar é um lixo, eu sei.

– Tem algum compromisso agora?

– Um alemão está me esperando.

– Vai demorar?

– Depende dele.

– Não dá para adiar?

Ela sacudiu a cabeça, não, mas a compensação veio a seguir:

– Compre uma champanha e leve pra o meu apartamento. Lhe dou a chave. Moro aí na esquina, 321, no 12. Se eu demorar, tire uma soneca, tá?

– A chave.

O apartamento de Talita era um ovo, como o da maneca, porém não com aquela decoração classuda. O tema era um só, a própria dona retratada em mil poses, com ou sem moldura. Talita com penachos, plumas, paetês, baby-doll, tanga, vestida só de colares e completamente nua na foto maior sobre a cama. Em nenhuma, a distração ou simples acaso favorecera o bom gosto.

Coloquei a champanha no congelador duma geladeira pequena, tirei o paletó e atirei-me na cama da vedete. Como não tinha sono, precisava preencher o tempo de espera de alguma forma. Comecei com os dados, mas não havia ali nenhuma superfície plana e lisa. No criado-mudo encontrei apenas revistas velhas. Vi, então, um álbum de fotografias. Embora menores, as fotos eram mais movimentadas que as das paredes. A vedete e um velhote na balsa do Guarujá. E um menino (talvez seu filho) num zoo. E duas amiguinhas numa rua que me pareceu de Buenos Aires. E três acompanhantes numa mesa do Alcazar. E um gatinho no seu apartamento. E um Papai Noel à porta duma loja. E um tipo com cara de francês numa churrascaria. E um grupo heterogêneo no Gonzaga. E um homenzarrão alto e louro no Alcazar. Este eu conhecia. Conhecia, sim. Era Johanson Olsen.

60 – On the waterfront

Talita, muito menos April Jones, chegou às três da madrugada, mais cedo do que esperava: antes disso, eu descera duas vezes para beber, amortecendo o choque da surpresa. Voltei, é claro, a examinar a fotografia. Por que tinha tanta certeza de que era ele? Mais do que a lembrança na piscina de Paleardi, ficara-me o retrato no jornal, que tivera tempo de examinar: o nariz atucanado, a boca com o lábio inferior dobrado e o queixo formando um triângulo quase perfeito. Uma cara marcante, trabalho facílimo para um retrato falado.

– Você ficou o tempo todo aí?

– Desci pra tomar umas e outras.

– Trouxe a gasosa?

– Tá no congelador.

– Chato, não tenho taças!

– Vai em copo mesmo, não é véspera de Natal. – Fui pegar a champanha para abri-la. – Que tal o alemão?

– Não sabia uma palavra em português. Mesmo assim, me contou anedotas.

– Você não se vira em alemão?

– Em inglês e castelhano, sim.

– E francês?

– Não dá pro gasto.

– E sueco?

Riu.

Com a maior elegância possível, e sem derramar uma gota, estourei a champanha e enchi dois copos. O gelado e a borbulha logo nos fizeram íntimos. Sentamo-nos na cama, ela querendo saber quem eu era. Contei o que fazia no cais.

– Sempre viveu do *craps*?

– Não, recentemente fui secretário dum tal Duílio Paleardi, conhece?

– Não.

– Fui dispensado por causa da mulher dele.

– Há quanto tempo anda por aqui?

– Faz um mês, mas já estive antes (calculei) há uns dez meses.

– Então, não gosta do Alcazar?

– Não é endereço pra você.

– Mais cedo ou mais tarde me mando.

– Tem outro em vista?

– No Rio.

– Quem sabe vou com você. Sou carioca, como vê. E já não estou suportando isto.

– Por que não se manda?

– Tem um negocinho que ainda me prende aqui.

– Mulher?

Peguei o álbum.

– Sou doido por fotografias. Posso ver?

Talita abraçou-me:

– Não agora.

Rolamos na cama, quando ela voltou a ser April Jones, o que conseguia mesmo no escuro. Para minha surpresa, esqueci o Alfa, o sueco e até a champanha ainda pela metade.

Na manhã seguinte, quando acordei, Talita ainda dormia. O sono das pessoas é quase sempre puro e honesto, o que seu rosto refletia. Fui tomar banho, voltei, dormi mais um pouco e despertei com uma coceira na face. Era a vedete, brincalhona que com uma pena me fazia cócegas, infantilmente.

– Não pense que acordei agora. Já tomei banho.

– Que pena, podíamos tomar banho juntos. O que me diz dum café?

– Você faz ou vamos tomar lá embaixo?

– Hoje eu faço – disse num beijo. – Sei fazer. Faço até omelete.

– Isso que é uma perfeita dona de casa.

Quando Talita voltou com café e bolachas numa bandeja, encontrou-me folheando o álbum.

– São todos seus fãs?

– Quase todos.

Não quis chegar logo à página do sueco.

– Este garoto é seu filho?

– Meu sobrinho.

– Já foi casada?

– Durante seis meses. Ele me apanhou na cama com outro.

– E ficou zangado?

– Apenas não voltou mais.

Cheguei à página do sueco. Ia virando, voltei, cravei os olhos e larguei o café na bandeja.

– É Johanson Olsen! Então conheceu essa peça?

– O sueco? Era seu amigo?

– Jogávamos *craps* – menti. – Ele sempre perdia. Não tinha sorte.

– Não tinha mesmo, tanto que o mataram.

Sem desviar o olhar da foto:

110

– Você tinha algum caso com ele?

– Não.

Cara a cara com April Jones:

– Estive fora e não sei de nada. Quem matou ele?

– Nem a polícia sabe.

– Pobre Olsen! Como conheceu ele?

Ajeitando-se sobre o travesseiro, Talita, com sabor de história antiga, de consoantes dobradas, falou o que sabia dele. Johanson aparecera uma noite no Alcazar muito embriagado com um embrulho duns oitenta centímetros. Terminado o show, o sueco, ainda mais bêbado, quis ir a seu apartamento. Pela manhã, quando acordou, Talita achou algumas notas sobre o criado-mudo, mas o freguês não estava mais no quarto. Ao abrir o guarda-roupa, viu o embrulho.

– Tinha esquecido.

– Bêbado como estava, esqueceria até a alma.

– Você abriu o embrulho?

– Só alguns dias depois. Era um boneco. Uma espécie de Carmen Miranda.

Chica-chica-bum-chic.

Talita chegou a imaginar que o sueco lhe deixara a boneca como presente, tanto que a acomodou numa estante. Um mês depois, mais ou menos, ao terminar seu show, sentiu que uma garra de ferro lhe apertava o braço, puxando-a para um camarim. Era o sueco.

– O que fez com meu fantoche?

Para Talita era boneca, não artefato profissional.

– A Carmen Miranda?

Olsen não lhe largava o braço:

– Onde está???

– No meu apartamento.

O sueco só se sentiu mais aliviado quando já no ovo de Talita pegou o marionete e o examinou.

– Beijou o boneco.

– Beijou?

– Beijou.

Então sentou-se na cama com a Carmen Miranda nos braços. Fez uma confissão:

– Quase me mataram por causa dessa boneca – desta vez falou boneca. – Quiseram me jogar três cachorros em cima.

– Quem é o dono dela?

Ele hesitou. Talita insistiu.

– Um tal de Mister... (Talita esqueceu o nome.)

Na manhã seguinte, o sueco, que passara a noite com a strip, levantou bem cedo e desapareceu, levando a boneca.

– E não apareceu mais?

– Apareceu, sim. Este retrato foi depois do caso da boneca.

– Então ficaram amigos?

– Às vezes, ele ia me ver no Alcazar e vínhamos para cá. Nas últimas vezes, estava um tanto amargo. Dizia que estava sendo explorado. Seu patrão só lhe dava migalhas. Não ganhava nada pelas suas viagens.

– Viajava muito?

– Falava em Holanda, Bélgica, por lá.

– O que fazia?

– ?

– Será que não trabalhava com bonecos?

– Não sei se trabalhava, mas devia gostar muito deles – disse Talita. – Quando foi encontrado, havia no seu bolso o canhoto de um ingresso desses teatros.

Era um detalhe que eu esquecera. Mas o que adiantava lembrar isso?

61 – Os cordéis

Voltei ao cais, a sacudir no bolso os meus dados. Talita já me advertira de que não me sustentaria: apenas hospedagem e café da manhã. O regulamento também proibia crises de ciúme e intervenção em seu labor sexual. Isto posto, tive de ampliar minhas possibilidades de faturamento. Foi então que descobri um velho clube de portuários, de meia dúzia de saletas, cuidado por um zelador coxo, onde marquei reencontro com o baralho. Apesar do tato um tanto embotado, ocorreu-me que num país tão carente de mão de obra especializada faltavam verdadeiros profissionais do jogo. O que encontrava era essa torpe classe de viciados, neuróticos do risco, os eternos desocupados que marginam para a jogatina e os ambiciosos de voo rasante, sequiosos de lucro fácil. Havia, ainda, aqueles que confiam ter sorte noutras plagas, os estrangeiros, crentes de que deixaram o azar na alfândega.

Eu, é evidente, não me enquadrava nessas lamentáveis classificações. Encarava o jogo como um aprendizado, arte ou ofício que nunca se chega a conhecer plenamente, e jamais desafiava seus caprichos. Se começasse mal o dia, nem testava a favorabilidade vespertina. Ia passear, descontrair, aprender o cais. Se já ganhara o suficiente, abandonava a mesa. Não tratava masculinamente a feminilidade da sorte. E meus negócios melhoraram ao assinar o ponto no cassininho, o clube dos portuários, onde pude reviver as emoções do *a cook can play*, cunca entre nós, que foi minha cartilha do blefe, do descarte maroto e do truque das cartas marcadas a unha. Lá se jogava também o pife-pafe, sucedâneo sem coringa do cunca, o bacará e outros carteados, além do pôquer, naturalmente. Eu corria em todas essas raias, mas eram os dadinhos que meus dedos sabiam melhor.

Para não dar pala de cafiolo mixo, às vezes pagava um bom jantar a Talita, fora do porto, dava-lhe presentes e levava-a ao Guarujá nos sábados e domingos. Foram olhos alheios, matutinos, flagrados pelo sol, que me convenceram ter feito valiosa conquista, e de fato, no mar ou na areia, saudável e tranquila, ninguém adivinharia que Talita era April Jones, de censurável profissão noturna.

Quando voltava desses passeios, permanecia o resto do dia com Talita e recusava-me a vê-la à noite no Alcazar. Numa tarde, sentimentalizado pelo álcool, e com algum dinheiro do *craps*, fiz-lhe uma declaração de amor.

– Não beba tanto, Ra.

– Eu lhe dou um presente. O que quer?

– Não precisa me dar nada.

– Para lembrar de mim, se um dia nos separarmos.

– Então, dê qualquer coisa sem valor.

– Um colar?

– Custa caro. Me dê uma boneca como aquela que o sueco esqueceu aqui.

Não devia ser nenhuma fortuna, mas:

– Onde vou arranjar uma igual?

(Era que eu lembrava que aquela Carmen Miranda, o marionete assassinado, não era do tipo das bonecas que se encontra em qualquer loja.)

Talita abriu a gaveta do criado-mudo:

– Tinha o nome do fabricante.

– Ele deu?

– Não, era um selinho que despregou. Joguei ele aqui. Pronto. Achei.

Passou-me um pequeno retângulo verde de papel: V. SANDRINI – MADE IN BRAZIL – SANTOS.

– Vou procurar na lista o endereço do fabricante. A boneca foi feita aqui em Santos.

– Não tinha notado. Então, por que o sueco caiu naquele desespero? Será que não tinha dinheiro para comprar outra?

Pensei no contrabando de maria-mole, mas nada expliquei a Talita porque, na realidade, jamais entendera coisa alguma daquele assunto. Saí para procurar uma lista telefônica.

62 – Victor Sandrini e seus bonecos

A moça que atendeu ao meu telefonema disse apenas que o espetáculo começava às nove e bateu o fone. Lembrei-me do canhoto do ingresso no bolso do sueco morto. Ele, evidentemente, fora àquele teatro num dos dias anteriores ao assassinato. Quem sabe era naquele endereço (Ponta da Praia) que comprava os bonecos para a "coleção" de Duílio Paleardi. Tudo era um tanto complicado, mas, já que fizera a promessa a Talita, tentaria cumpri-la.

O teatrinho estava escondido numa ruazinha arborizada a menos de mil metros do mar. Noutros tempos deveria ter sido garagem ou armazém adaptado precariamente para casa de espetáculos. À entrada não havia neon nem letreiro pendente, mas simples tabuleta onde li: VICTOR SANDRINI E SEUS BONECOS. Apesar de explorar gênero de pouca rentabilidade, pareceu-me que a companhia se exibia ali em caráter permanente.

A bilheteria era logo à esquerda, minúsculo compartimento vidrado, com guichê, ao qual se prendia um cartazete com horários e preços. Um jovem casal comprava ingressos das mãos duma senhorita sabugosa, loura vegetal, muito desajeitada em suas funções. Deveria preferir tricô a fazer troco. Deixei que um solitário japonês passasse à minha frente e depois comprei minha entrada.

Dirigi-me, em seguida, a uma modesta e mal ventilada sala de espera, depois de entregar o ingresso a um porteiro em mangas de camisa, sujeito carudo, geral aciganado e pulsos de campeão de queda de braço. Guardei o canhoto, e como ainda não eram nove, sentei-me num banco rasteiro de couro, maldosamente lancetado por canivete, a olhar as dez ou doze pessoas que aguardavam o espetáculo. Perguntava-me que falta de programa, que aziaga sexta-feira, que melancólica coincidência os reunira ali para assistir a Victor Sandrini e seus bonecos. O pior filme da praça deveria ser mil vezes mais atraente. Por que não um chope num bar da praia? Aquele japonês ou nissei não teria uma amarela compatrícia a quem oferecer um saquê? E o casal de namorados, não lucraria mais bolinando-se num drive--in ou num bar penumbroso?

Às nove em ponto entramos na sala de espetáculos, que confirmou a impressão inicial de garagem adaptada: um espaço estreito, vinte fileiras de bancos de madeira comum dispostas numa única ala, paredes nuas e manchadas de umidade e um teto cujo desabamento a fé do proprietário conseguira adiar. A cortina ainda se conservava em boas condições, reveladora, talvez, dum otimismo inaugural não confirmado pela audiência.

Sentado, lancei um olhar raso à plateia. A casa não estava tão fracativa assim: outro espectador, um negro cascudo, de óculos, chegava e instalava-se na primeira fila.

Um par de alto-falantes afônicos deu início à função, jogando no ar acordes da "Aquarela do Brasil", e um grupo de bonecos dançantes invadiu o palco. Fui reconhecendo-os: Zé Carioca, a Pequena Notável, Lampião, Maria Bonita, Saci-Pererê, Jeca Tatu, Juca Pato, um gaúcho (seria Vargas?), um índio e uma rebolante mulata, todos no ritmo correto da música, agitando braços e pernas a sorrir brejeiramente e a bater palmas, enquanto, no fundo, descia uma bandeira nacional. A seguir, Carmen Miranda destacava-se do grupo e, com todos os jeitos e trejeitos conhecidos, dublava uma crocante gravação de "O que é que a baiana tem?". Não pude deixar de rir e aplaudir, a ponto de chamar a atenção de Carmen. Fez uma mesura em minha direção, num agradecimento particular.

A segunda parte do espetáculo era um show com script. Começava com um marinheiro, o Ondino, versão brasileira do Popeye, que entrava no palco, anunciando-se:

– Senhoras, senhores e senhoritas, é claro. Tenho a grande honra de apresentar a mim mesmo, Ondino, o marujo. Tenho uma namorada em cada porto: Belo Horizonte, Cuiabá, São Paulo, Curitiba, Porto Alegre e Rio de Janeiro. Não, Rio de Janeiro não é porto. Ou é? Não, não é.

O texto, com intenções didáticas, lição de geografia às avessas, não fazia jus à graça de movimentos do fantoche. Ondino sabia por onde agarrar o público. Seu charme era a malícia, a paixão pelas mulheres. Mas, no final de seu monólogo, confessava um único amor, aquela com quem pretendia casar: Lili.

Aparecia, depois, com fundo musical próprio, o segundo apaixonado de Lili, o ingênuo e bem comportado Chiquinho, lourinho como gema de ovo e que, apesar de muito amar, temia levar uma surra do marinheiro.

– Mamães e papais, com quem gostariam que casasse sua filha: comigo ou com esse comedor de espinafre?

Chiquinho não conquistava a plateia com a rapidez de Ondino, nem era tão admirável bailarino, mas suas piadinhas gaguejadas, em tom discretamente afeminado, aos poucos iam surtindo resultado.

O terceiro apaixonado era Tim Tom, corredor de Fórmula 1, de feitura mais complicada porque o carro era uma extensão de seu corpo. Falava tão depressa como se movimentava, garantindo que seu Comet F4-TII-L9 era o melhor argumento para a conquista de Lili.

Ondino e Chiquinho chamavam-no "o velocista" e reconheciam nele um rival perigoso.

– Vocês são apenas criaturas humanas e hoje isso já é pouco. Sou homem-foguete e o coração de Lili é minha meta de chegada.

A esta altura aguardava-se a entrada de Lili, que os três príncipes encantados disputariam. Mas não veio nem da direita nem da esquerda, veio do alto, numa cestinha, loura como Chiquinho e vestida de azul.

– Vocês não me amam como dizem – acusava. – Se me amassem, pelo menos dois já estariam mortos e vejo que estão vivinhos da silva.

Para conquistar Lili, cada um dos pretendentes contou uma anedota; ela, porém, riu igualmente das três. O humor não era o melhor caminho para abocanhar o coração da ninfa.

Chiquinho, esperto, contou uma história muito triste:

Lili chorou desde a primeira sílaba. O mesmo em relação à história de Tim Tom. A de Ondino era engraçadíssima, mas Lili não parou de chorar um só momento.

Novos acordes anunciaram um quinto personagem: um coroa de cabelos brancos, smoking, elegantérrimo, blasé, uma flutuante melancolia no rosto pálido. Marcava sua presença com passinhos sincopados ao fundo musical dum velho foxtrote dos anos 30.

Os três pretendentes, ignorando o gentleman de antanho, recitavam ridículos versinhos aos pés de Lili, e, por fim, como nenhum conseguisse convencer seu indeciso coração, entraram a trocar sopapos, num rebu próximo do bailado.

O sexagenário, indiferente ao conflito, sempre em seu antigo ritmo, deu alguns giros em torno de Lili e, com a sabedoria da idade, retirou do bolso interno um colar de brilho ofuscante, que usou como anzol para pescar sua atenção. Deu resultado. A ingênua, não resistindo ao luxuoso faiscar, desligou Ondino, Chiquinho e Tim Tom, e foi acompanhando a joia até sair do cenário sem que os briguentos percebessem.

Houve um intervalo de dez minutos, bastante para um cigarro na sala de espera. Eu não percebera que algumas fotos cobriam uma das paredes. Lá estavam Victor Sandrini e seus três colaboradores. A dois já conhecia, a bilheteira e o porteiro. Além de vender e rasgar ingressos, mexiam os cordéis e imitavam vozes. Sandrini era um velhote simpático, com cara mesmo de artista, e o quarto elemento um moço magrinho, tipo universitário, oculto sob grossas lentes com reflexos.

A segunda metade do espetáculo era menos desprovida de interesse artístico. Mas foi para mim a mais empolgante. Apenas um fantoche participava dela, o quinto, o dono do colar estelar que seduzira Lili. Com a mesma postura, blaserice e fundo musical, anunciou-se a reclamar a parte de leão das palmas:

– Senhoras e senhores, eu sou Mister Blue.

63 – Mister Blue em cena

Lembram-se daquela manhã na Mansione, diante da piscina, quando o vento selecionava e me trazia palavras? Um nome, parece, chegou-me inteiro aos ouvidos, mas o havia esquecido. Algum Mister qualquer, que a memória nacionalista repelira. Depois, no apartamento-ovo de Talita, a strip, ela aludira a um patrão de Johanson Olsen, outro Mister (ou seria o mesmo?) que ele parecia temer. As duas lembranças somadas à presença do boneco fixaram minha atenção no palco.

Com iniludível sotaque italiano, apesar do nome, Mister Blue começou suas atrações fazendo truques com um baralho, pombas (de isopor?) e flores, tudo simples demais para mãos humanas, porém complexas para as insensíveis garras dum marionete.

Depois, voltou-se para o auditório:

– O senhor aí, de branco. Tem alguma pergunta que queira fazer? Tente geografia. É uma das minhas matérias.

– Onde ficam as Ilhas Sanduíche? – o espectador.

– O senhor sabe?

– Sei.

– Eu também. Então tente história.

Risos.

Alguém ergueu o braço.

O fantoche:

– Pode perguntar, mas exijo pergunta difícil.

– Qual foi o terceiro césar de Roma?

– Não é difícil. Faça outra.

Às vezes, Mister Blue escapava pela pilhéria, outras fingia não saber, mas com riso ou sapiência sempre agradava ao seu reduzido público.

Imaginei que no final haveria venda de bonecos, já que Sandrini os fabricava. Mas nada assim: as cortinas correram e o espetáculo terminou.

Apanhei um táxi e fui ao Alcazar. Talita ainda não fizera seu número e fumava no camarim.

– Talita, você se lembra daquele Mister, o dono da Carmen, o fantoche de Johanson Olsen?

– O nome todo, não.

– Se eu disser, você lembra?

– Pode ser.

– Mister Blue.

Talita ficou em dúvida:

– Era um nome pequeno, pode ser esse.

– Não tem certeza?

– Não, mas pode ser. Por quê?

– Porque há um fantoche no teatro de bonecos de Victor Sandrini que tem esse nome.

– O que foi fazer lá?

– Fui para comprar sua Carmen, mas parece que não vendem.

Talita sorriu para mim: andava sorrindo dum jeito muito especial.

– Não se preocupe, me dê uma boneca qualquer. Aquela era enorme e pode custar muito caro.

Dei-lhe um beijo no rosto:

– Eu prometi e vou lhe dar aquela de qualquer jeito.

– Fala como um apaixonado.

– Um apaixonado que anda com uma sorte danada no *craps*.

– Vai ver o show?

– Não tem alemães esta noite?

– Não.

– Então, vejo.

Fui assistir ao show, de pé, junto ao american bar. Quando Talita entrou e começou a tirar a roupa, o coração disparou. Não era amor, mas seu mais indiscutível sintoma, o ciúme. Fazia tempo que não o sentia como um inseto sob a camisa.

64 – A entrevista

No dia seguinte, à tarde, voltei ao teatro VICTOR SANDRINI E SEUS BONECOS. Como não havia espetáculo, poderia conversar com o velho Sandrini para lhe comprar a boneca. Mas não era esse meu único intento: talvez descobrisse que ligação ele teria com o sueco assassinado, embora não soubesse o que fazer com essa informação, se a conseguisse.

Diante da bilheteria, fechada, bati palmas, inutilmente. Fui entrando até a sala de espera e desfechei nova carga de palmas. O eco não me anunciou a ninguém. Empurrei a porta e pisei na sala de espetáculos. Ia bater palmas, mas me pareceu surrealista demais (ou teatro do absurdo?) aplaudir um elenco inexistente duma peça que não foi representada para um teatro vazio.

Recorri ao mais histórico formalismo rural:

– Ó de casa! Ó de casa!

Tive de repetir o apelo de viandante perdido na floresta um mundo de vezes.

Afinal, a moça loura, a bilheteira e voz da graciosa Lili, surgiu no palco comendo um sanduíche e usando avental como qualquer dona de casa que atendesse ao russo da prestação:

– O que o senhor quer?

– Podia falar com seu Sandrini?

– Sobre o quê? – perguntou, sem preocupar-se em encurtar a distância.

– Queria comprar um dos bonecos.

– O quê?

– Sou escritor e queria entrevistar o Sandrini – inventei, pois naquele momento me pareceu cretino querer comprar uma boneca num teatro. Minha curiosidade pedia um pouco mais.

Ela não entendeu e, para se livrar de mim, respondeu:

– Ele está jantando.

– Posso esperar.

A moça fez uma pausa para pensar, desceu alguns degraus do palco e veio ao meu encontro:

– Pode falar comigo.

Sem pedir licença, sentei-me num banco, fila C. Ela, um tanto constrangida, sentou-se na fila B.

– Como disse, sou escritor e estou escrevendo um livro: *A história do teatro infantil brasileiro*. Uma bela ideia, não acha? Já pensou no interesse que vai despertar nas escolas, bibliotecas infantis e no próprio ambiente teatral? – Ela não havia pensado nisso, o que não a envergonhava. – É evidente que um livro assim não seria completo sem um tópico dedicado a VICTOR SANDRINI E SEUS BONECOS. Concorda?

A loura sacudiu os ombros:

– Titio vai abandonar o teatro.

– O teatro infantil vai perder muito com isso.

– O que quer saber dele?

– Muitas coisas. Se ele está jantando, espero. Posso fumar?

A moça levantou-se e voltou para o palco, atrás do qual havia uma porta que comunicava com os fundos. Enquanto esteve ausente, não sofri total solidão: primeiramente o porteiro e depois o moço de óculos vieram espiar o escritor.

Depois de muitos minutos a moça voltou:

– Pode entrar.

Subi os degraus, atravessei o palco e fui conhecer a parte posterior do Carnegie Hall. Aquilo era um teatro-residência. Os camarins eram quartos, onde o elenco permanente de marionetistas residia. No fim de um corredor havia uma porta aberta que dava para um pequeno quintal. Lá, sentado numa cadeira de preguiça, um tanto tenso, estava Victor Sandrini. Ao vê-lo, muito simpático, com seus cabelos brancos, mais idoso do que revelava a fotografia, e mais magro, arrependi-me da história do livro.

O universitário apanhou um banco sem encosto para que me sentasse ao lado de Sandrini.

— Boa tarde! Sou Walter Cintra — disse.

— Que livro o senhor está escrevendo? — foi logo perguntando.

— *A história do teatro infantil brasileiro.*

— Acha que mereço figurar nele? Hoje em dia nem as crianças apreciam muito os bonecos. Há coisa muito mais empolgante na televisão.

— Não se preocupe — tranquilizei-o. — A opinião do escritor é que vai prevalecer.

— Bem, o que quer saber?

Lembrei-me de que não trouxera nem papel nem esferográfica.

— Não vou anotar porque tenho memória fotográfica. A primeira pergunta é a de praxe: como começou a lidar com bonecos?

Sandrini tirou um cigarro que o universitário acendeu.

— Foi na Itália, durante a guerra da Etiópia. Para entreter os soldados, fabriquei meu primeiro boneco.

— Mussolini?

— Não, Hailê Selassiê, o Négus. Fiz sucesso. O próprio marechal Badoglio chegou a apertar-me a mão.

— E durante a guerra, continuou com os bonecos?

— Não, fui convocado como soldado e participei da campanha da Cirenaica.

— Até o final?

— Não, fui preso em Agedábia e levado para a Inglaterra, onde naturalmente fiquei até o armistício.

Como Duílio Paleardi, não? Mas quantos milhares de soldados italianos foram aprisionados no norte da África e levados para a Inglaterra?

— E esqueceu os bonecos?

— Não, foi lá, no campo, que desenvolvi minha arte. Fiz Hitler, Stalin, Roosevelt, Churchill, Ciano... Eu e um cançonetista napolitano éramos os prisioneiros italianos mais populares. Não foi um mau tempo, não. Melhor que arriscar a vida na guerra.

— Quando voltou, então, se dedicou aos bonecos profissionalmente?

— Nem pensei nisso. Fui trabalhar no arquivo dum grande jornal em Milão. Lá que me tornei uma espécie de homem-enciclopédia — arrematou, sorrindo.

— E como Sandrini e seus bonecos se profissionalizaram?

– Um velho amigo me trouxe da Itália e me financiou a montagem deste teatro. Faz uns vinte anos.

– Alguém a quem conheceu no campo?

Sandrini, o moço de óculos e a moça, que acabara de surgir, cruzaram olhares.

Sim ou não? Sim ou não, Mister Blue?

– Não.

Fiz então uma pergunta lógica:

– Por que não divulga mais o teatro? A julgar pela plateia de ontem, ele não anda nada bem.

– Já estou em fim de carreira. Não me interessa.

Nem a mim interessava. Lembrei-me de Talita.

– O senhor vende bonecos, não?

Novo trânsito de olhares entre Sandrini, a moça e o jovem de óculos.

– Vendo um pouco para o exterior – respondeu, querendo dar a entrevista como encerrada, e já de pé. – Como são marionetes profissionais, não têm saída nas lojas. Lá fora atraem mais como produto tipicamente brasileiro.

Fui seguindo-o pelo corredor:

– Gostaria de ter uma Carmen Miranda.

– Produzo em número muito reduzido.

– Seu Sandrini, eu pago.

– Infelizmente, não temos no momento.

Depois de toda aquela cascata eu ia sair do teatro-fábrica sem a marionete. Onde ficaria meu cartaz com Talita? Que homem era esse, incapaz de satisfazer seu único capricho?

– Um amigo meu teve mais sorte. Comprou uma Carmen.

– Não vendemos a particulares – disse agora o moço de óculos.

– Venderam pra essa pessoa.

Já tínhamos chegado ao palco.

– Esse seu amigo deve ter comprado noutro lugar. Não devia ser um de nossos bonecos.

Eu não podia falar em Johanson Olsen, mas provei o que dissera retirando do bolso o timbre, MADE IN BRAZIL, que descolara do fantoche no apartamento de Talita.

– Vejam! Não mandei imprimir isto.

Sandrini e o universitário examinaram o selo.

– Sim, é nosso – admitiu o velho. – Não sei como seu amigo o conseguiu. Mas não quero que saia decepcionado. Quer a Carmen, não? Vou fazer uma especialmente para o senhor. E não cobrarei nada.

– Faço questão de pagar.

– O senhor foi muito gentil, entrevistando-me para o livro.

– Quando posso vir buscar?

O rapaz:

– O senhor tem telefone?

– Não tenho.

Ele, outra vez:

– Então me deixe seu endereço.

– Não quero dar trabalho de remessa. Posso voltar dentro de uma semana?

Sandrini disse que sim e acompanhou-me até a porta do teatro. Na sala de espera, apontou-me os retratos.

– Esta é Jane, minha sobrinha. O rapaz, Paolo, também é meu sobrinho. Este é Franz, quem maneja o Ondino. Trabalhava na estiva, mas tem muito jeito para a arte.

– Obrigado, seu Sandrini.

– Espere um momento – disse o marionetista, dirigindo-se à bilheteria e abrindo uma gaveta. – Leve estes ingressos e distribua aos amigos. Servem para qualquer dia, de quarta a domingo. Aos domingos, temos vesperal, às quatro.

Apanhei um maço de ingressos e enfiei no bolso.

– O senhor é muito simpático.

– Mas por que faz tanta questão da minha Carmen?

– Vou lhe contar. Quem quer é uma amiga minha. Se não lhe arranjar uma, rompe comigo.

Sandrini sorriu, não muito francamente, e estendeu-me a mão.

65 – Os marginais também amam

Aquela foi uma boa semana no clube dos portuários.

O bacará esteve fortíssimo, bancado por um rico exportador da cidade, eufórico com seus bons negócios. Não gosto de jogar com gente que está na mesa para garantir o pão: dá azar. Um banqueiro confiante e endinheirado me anima. Só numa tarde ganhei quase dez mil cruzeiros, meu maior faturamento nesse carteado. No *craps* as coisas também não foram mal. Embora três ou quatro "pernas", ganhei todos os dias.

Numa noite, em que fora ao Alcazar depois do show, só para levar Talita para casa, ela se aninhou na cama, numa expressão corporal preparatória, e deu-me a notícia infeliz:

– Vou para o Rio.

Não me assustei, pois também pretendia ir.

– Quando?

– Depois de amanhã.

– Já?

– Vão abrir lá uma casa nova, coisa fina, e até já assinei contrato.

Uma pergunta temerosa:

– Vai *avec*?

– Que conversa é essa, Ra? Não nascemos um para o outro?

Talita tinha um jeito de fazer graça muito seu e eu também tinha o meu.

– Quer dizer que vou perder o teto?

– Não se preocupe, Ra. O apartamento está pago até o fim do mês.

– Mas você vai levar os cacarecos, não?

– Só as roupas e meus badulaques. Aluguei com os móveis e a geladeira. Deixo uma muda de lençóis pra você.

– E um retrato seu, na parede, pra curtir até minha ida.

Uma pergunta aguda e o sangue duma resposta:

– Não quer ir comigo, Ra?

– Ainda não posso. Falta resolver um negocinho.

– Aqui?

– No Guarujá.

– Muito dinheiro?

– O suficiente para viver com dignidade um bom tempo. Talvez tire você do strip.

Talita riu, muito April Jones.

– Vou lhe dar uma lista de quem já me disse isso. Tem nomes de A a Z.

– Só lamento uma coisa: a Carmen Miranda ainda não deve ter ficado pronta. Queria que levasse.

– Leve pessoalmente.

– Está sendo feita especialmente pra você.

Talita não estava preocupada com o presente, mas com outra coisa:

– Diga, Ra, esse negócio de Guarujá é perigoso?

Já tendo tirado a camisa, afundei na cama ao seu lado:

– Nem um pouco.

– Seria chato se você fosse preso.

– Não entro em negócios arriscados. Já estive preso e não gostei. Aliás, se você já observou, não sou nada valente. Nem mesmo no jogo, que é meu *métier*.

Ela voltou a sorrir:

– Então pensou que eu ia *avec*?

Dei nos lábios de Talita um beijo com a pureza de parque de diversões e passei a mão em seus cabelos, tateando uma novidade qualquer naquele afeto. O que acontecia comigo, o Raul, o Carioca, o Ra?

– Queria muito que levasse a boneca.

– Ora, me dê um Sonho de Valsa.

Apaguei a geral e acendi o abajur.

66 – O homem descartável

Na véspera da partida de Talita, não tive ânimo para o bacará ou *craps*. Achei que devia aproveitar todo o tempo com ela. Ajudei-a a fazer as malas, a embalar a galeria de retratos (menos um) e a empacotar. No fim da tarde apareceu a camioneta duma transportadora para apanhar tudo e levar para o Rio.

Então ficamos só nós, a muda de lençóis, um travesseiro, um cinzeiro e a geladeira. No dia seguinte, cedo, ela embarcaria. Por que sentia aquilo, no peito, como uma cicatriz que doesse no frio? Não fora a mesma dor ou angústia, a mesma cola que pregara no meu álbum os retratos de Lucélia, Alba, Tina, Walesca e Ana Maria. Nesses casos importara a contagem, o placar. Talita era diferente: me olhava e me sabia todo, não precisava camuflar ou explicar-me.

– Vamos dar um grande passeio.

– Bobagem, vamos ficar aqui até amanhã cedo.

Talita tinha razão: dentro de quatro paredes era mais fácil controlar e segurar o tempo. Desci e voltei com um litro de uísque. Cada vez com mais álcool e menos gelo, deitado na cama em cueca, contei-lhe toda a minha vida e pedi-lhe que me contasse a sua.

Quando a noite caiu, desci para comprar comida e algumas cervejas e subi às pressas. Talita esperava-me, deitada na cama, fumando, tranquila. Não se mostrava nem certamente estava apaixonada, mas, como eu, tinha os olhos no relógio de areia. Eu achava que ia ficar terrivelmente só quando ela partisse.

Não foi, no entanto, a noite mais longa do ano. Dormimos logo, profundamente, e acordamos cedo.

Depois do banho e do café, pegamos a bagagem de Talita, descemos, apanhamos um táxi e fomos para a rodoviária. Comprada a passagem, ficamos à porta de entrada do ônibus.

– Esqueça seu negócio em Guarujá e vamos – disse Talita.

– Minha roupa está no apartamento.

– Você vai buscar. Apanhamos o ônibus das dez.

Não era nenhuma súplica ou ordem, apenas uma sensata sugestão.

– Hoje, não.

– Por quê, Ra?

Lembrei uma extravagante razão:

– A boneca. Ainda não está pronta.

– Não ligo nada pra bonecas. Você compra outra pra mim no Rio.

Claro que era Guarujá (o Alfa) que me segurava.

– Promessa é dívida.

Talita não acreditou, sabia que o motivo não era esse. Estava na hora e beijou-me sem drama nem umidade.

– Cuide-se, Ra.

– Sei me cuidar – disse. – Você vai me escrever?

Ela parou no degrau do ônibus.

– Não, não vou escrever.

– Passe, então, um telegrama.

– Apenas vou esperá-lo, Ra – informou, entrando no ônibus.

Fiquei na plataforma, onde outras pessoas acenavam para os viajantes. Talita, de sua janela, não acenava, apenas sorria. Quando o ônibus partiu, acompanhei-o, quase corri, com a mão abanando.

Chamei um táxi. Talita talvez não passasse da emoção da despedida. A visão literária dum adeus sempre inventa ou intensifica sentimentos. Há muita tapadeira e isopor na cena armada de dois amantes que se separam. Abri a janela do carro para o vento soprar minha tristeza.

Voltei ao apartamento para descanso e teste. Ao entrar, embora sem retratos nas paredes, corpo e objetos pessoais, lá estava Talita, tão presente em sua ausência como uma chama.

67 – Lembram-se de Gino?

Supersticioso como qualquer jogador, temi que Talita tivesse levado minha sorte na bagagem. Durante dois dias seguidos perdi no *craps* e no bacará. No sábado, cedo, parti na balsa para o Guarujá. Não vi os Paleardi, perguntei por eles ao porteiro do edifício: respondeu que só chegariam no domingo e para uma temporada de oito dias.

Voltei à tarde ao clube dos portuários, sentei-me numa mesa de pôquer e logo queimei um cacife. À noitinha, já tinha consumido três, quando

125

decidi sair. Comprei uma pizza e levei para o apartamento. Por que Talita recusara-se a me mandar um telegrama? Estaria ela, tão tarimbada como eu, sentindo o que eu sentia? O litro de uísque estava lá, dentro do criado-mudo. Tomei algumas doses puras, à espera das soluções que o álcool sempre me trazia.

Depois, fui ao banheiro e, diante do espelho, disse umas verdades a ele:

– Caro Raul, parece que a sorte no jogo acabou. Há três dias que vem perdendo.

– Ainda tenho uns quinze ou dezoito mil – rebateu o cara do espelho.

– Isso você pode perder duma hora pra outra.

– Com Ana Maria perdi mais de sessenta mil.

– Se perder tudo, não poderá nem voltar para o Rio.

O cara do espelho espantou-se com essa amarga possibilidade:

– O que quer que eu faça? Que esqueça o Alfa?

– Isso mesmo – eu disse. – Vá só mais uma vez ao Guarujá, pegue hoje a boneca, e segunda pegue seu ônibus, pois na terça é fim de mês e terá de se hospedar num hotel.

– Tem razão – concordou o cara do espelho.

– Bem, quando eu sair, não se esqueça de apagar a luz.

Nada como um diálogo para esclarecer as coisas. No quarto, tomei mais duas doses, aliviado. Para solidificar a resolução, resolvi ir apanhar a boneca. Não andaria marombando pelo cais com o incômodo presente de Talita nos braços.

– Táxi!

Quando cheguei ao teatro a bilheteria já estava fechada. Jane, meio mulher meio fantoche, e Franz, o porteiro, já deviam estar em pleno trabalho de cordéis.

Fui entrando; qualquer um poderia entrar. Eu era o único espectador da letra M. Contei apenas onze gatos pingados. O negro cascudo e uma senhora alta que vira na vez anterior estavam lá. Para que o teatro nunca ficasse vazio, Sandrini distribuía ingressos a quem quisesse. Sem prestar atenção no espetáculo, eu só aguardava o final para subir e falar com Sandrini. Se a Carmen não estivesse pronta, ia dispensá-lo do trabalho. Nada mais me prenderia a Santos. Doido por voltar.

Foi nas últimas sequências do primeiro ato que eu o vi. E levei um choque. Gino entrou e foi sentar-se na letra C. Como não olhou para trás, tive certeza de que não me vira. E não queria que me visse. Sua presença ali confirmava a ligação entre Paleardi e Sandrini, no contrabando de maria-mole ou de alfinetes de gancho.

Curvado, como um chimpanzé, saí do teatro.

À rua, a primeira coisa que vi foi o Mercedão dos Paleardi. Mais uma vez não tinham vindo com o Alfa. Contornei-o com raiva, muita raiva. Dei um pontapé no para-lama do carro, falando alto:

– Um tipo como este tem tudo e eu que sou honesto estou sempre na corda bamba. Bandido! Ladrão! Mafioso!

Uma pessoa que passava na calçada oposta parou, mas nem liguei.

– *Maledetti paulisti!* – berrei numa saraivada de pontapés. – *Maledetti paulisti!* – Outro transeunte parou e juntou-se ao primeiro para me olhar. Aí pus as mãos em concha na boca e berrei mais uma vez: – *Maledetti paulisti!*

Voltei ao apartamento, acabei o litro de uísque, desci, tomei um bíter duplo, uma cerveja, tornei a subir, mas não fui para a cama: precisava ter outra conversa com o cara do espelho.

68 – A volta do cara do espelho

Assim que entrei no banheiro, o cara do espelho notou que algo de muito estranho se passava comigo:

– Nunca o vi tão emputecido – confessou.

– Antes suspeitava, mas hoje tive a confirmação – disse.

– Que confirmação?

– O Paleardi. Duílio. É mesmo um contrabandista. Passa muamba para o exterior na barriga dos bonecos que Victor Sandrini fabrica. O teatrinho é de araque. Pra fazer a polícia de trouxa.

– Que muamba, Carioca?

– Tóxico.

– Tóxico daqui pra fora? Acho que não.

– Não me interessa que muamba é.

– Então, se acalme – disse o homem do espelho. – Você não vai dar parte à polícia, não? Se der, acaba entrando no embrulho. A bomba estoura no seu rabo.

– Não era nisso que estava pensando, cara.

– Então é melhor não pensar nada. Vai dormir.

– Vou.

– Bom.

– Não, não vou. Eu não pegaria no sono. Aquele cara me jogou três meses em cana. Sou um santinho perto dele.

– Você não é um santinho.

– Perto dele, eu disse.

– O que é que você tem na cuca? Pra mim, pode se abrir. Já nos conhecemos há muito tempo. Pode confiar.

– Sim, mas gosto mais de você quando faço a barba. Fica mais parecido comigo.

– Qual é a cascata? – perguntou com firmeza o cara do espelho.

Fui à geladeira. Estava com sorte: voltei com uma lata de cerveja.

– Estava querendo entrar no negócio – disse.

– No contrabando de maria-mole?

– Queria.

– Johanson Olsen também queria. Dê-lhe minhas lembranças quando se encontrarem.

Corrigi:

– Concordo com você. Se entrar no negócio, mais cedo ou mais tarde eles me apanham.

– Mais cedo, provavelmente.

– Por isso, vou apenas pedir uma nota preta e me espianto.

– Pedir a quem?

– A Victor Sandrini.

O cara do espelho:

– Já pensou no perigo?

– Estou pensando...

– Que armas vai levar?

– Um canivete. E minha cabeça. É com a cabeça que vou fazer um rombo no negócio sujo de Duílio Paleardi. Cabeça e muita picardia, cancha, manha. O sueco devia ser um cintura grossa, sem bamboleio, sem charla. Você vai ver! – bradei.

– Não vou ver – disse o do espelho com ironia. – É aqui que cumpro o meu contrato.

Voltei à cozinha e encontrei a última banana. Quando retornei ao banheiro, o cara do espelho não estava mais lá.

69 – Frente a frente com Mister Blue

Às nove da manhã do domingo eu já estava na praia em processo de desintoxicação. Precisava do sol, do mar, da natureza para reexaminar a etílica decisão da véspera. Passeei, nadei, respirei e furtei a sombra dum guarda-sol aparentemente abandonado. Às onze, o atleta resolvia não entrar em fria da forma programada na noite anterior. Iria ao teatro apenas para apanhar a boneca, sem outra intenção.

Na verdade, a virada, a volta ao bom-senso, começara na madrugada, quando um sonho feio, pesado, indigesto, me levara à Praia Grande numa noite negra, imensa e deserta, na qual eu fugia de alguém com mais medo na mente que forças nas pernas. Meu perseguidor estava cada vez mais perto de minha covardia e para ele o esporte noturno não representava esforço notável, feito, talvez, de outra matéria, menos desgastante. Mesmo adivinhando inútil minha fuga, eu corria. Subitamente, um cordel engravatou meu pescoço e tive de parar. Quando me voltei, vi que meu perseguidor, muito mais baixo que eu, brilhando como se tivesse luz própria, era Mister Blue, o boneco líder do elenco de Sandrini. Na mão, pequena mas rija, segurava uma faca ou punhal, o mesmo que cravaram nas costas do sueco. E foi com ela que me matou.

À uma hora, queimado de sol, voltei ao apartamento e fui ao banheiro.

– Você estava certo – disse ao cara do espelho. – Não vou cair nessa.

Fui fazer a mala, forçando dentro toda a roupa que Duílio Paleardi me dera. Dormiria cedo e acordaria cedo. Com ou sem a Carmen, apanharia um dos primeiros ônibus para o Rio, depois duns nove ou dez meses de ausência. Jantaria com Talita em Copacabana e dormiria com ela depois de assistir ao seu número no show. A alegria do regresso compensava a frustração de não ter feito nenhum rombo nos negócios escusos do ex-patrão.

– Ele que ponha seu dinheiro no rabo. Ouviu, você, do espelho?

Uma voz veio do banheiro:

– Ouvi.

Fui contar minha gaita. Restava-me menos do que calculara: dez mil e pouco. Joguei um dado no chão: seis. Outra jogada: cinco. A terceira: seis. Estaria com sorte aquela tarde? Desci e fui testar essa possibilidade.

Num dos bares onde fizera ponto aqueles meses, sentei-me a uma mesa e pedi um uísque nacional, à espera dum jogador. Apareceu um, garçom em dia de folga do Istambul, um de meus fregueses. Mas o azar continuava: em hora e meia perdi quase dois mil. Já voltava para o apartamento, quando decidi passar pelo clube dos portuários, para despedir-me dos amigos de lá. Algumas mesas estavam muito fortes, mas fiquei de lado, bebendo e papeando. Queria que soubessem que ia embora para o Rio e que estava feliz com isso. Às oito, para não ficar só bebendo, e já tinha bebido muito, arrisquei cem mangos no bacará. Perde uma, ganha outra, o tempo ia passando. Passei a duzentos e, logo mais, a quinhentos. Cheguei a ganhar mil, mas cinco minutos depois já perdia mil e quinhentos. Imaginei-me sem dinheiro para comprar a passagem. Valeria a pena arriscar outra? Poderia ter perdido tudo se não tivesse olhado o relógio: nove e quarenta, o teatro já tinha começado. Desci e apanhei um táxi.

Vi a bilheteria fechada, sem luz. A meio mulher meio fantoche já não estava lá nem o porteiro. Com muita sede, e também para fazer hora, fui até ao bar fronteiro e tomei uma cerveja. Entrei quando calculei que aquela chatice chegava ao fim.

Fui sentar-me na fila A no momento em que Mister Blue respondia às perguntas do auditório (dez pessoas).

Havia um intelectual a bordo:

– Qual era o pseudônimo de Samuel Langhorne Clemens?

– Quer que cite todos os livros escritos pelo dito Mark Twain?

– Não é preciso, obrigado.

Puxa, ia voltar ao Rio com os bolsos quase vazios!

E um cinemaníaco:

– Qual era o verdadeiro nome de Marilyn Monroe?

– Desculpe-me – disse o boneco. – Dessa atriz só sei que se chamava Norma Jean Mortenson. Não me pergunte mais nada.

Enquanto isso, Duílio Paleardi e Walesca se divertiam a valer na paisagem milionária do Guarujá.

E um amante da poesia parnasiana:

– Qual foi o grande poeta brasileiro que morreu em 1918?

– Não foi o que escreveu "Ora, direis, ouvir estrelas"?

Lembrei-me da Mansione, a Palhoça Paleardi, que devia estar valendo mais de cinquenta milhões.

E um enciclopedista futebolístico:

– Qual era o centroavante da seleção italiana de futebol que disputou o campeonato de 1938?

Mister Blue fingiu hesitar:

– Daquela seleção só me lembro de Piola. Em que posição ele jogava?

Risos.

Se uma vez ao menos os Paleardi tivessem ido ao Guarujá de Alfa, minha situação seria muito mais confortável.

E um idiota:

– Qual é o planeta que tem o nome do deus da guerra?

Mister Blue, fazendo graça:

– Isso eu sabia, mas esqueci.

Risos.

– Alguém mais quer fazer uma pergunta?

Havia outro idiota na plateia: levantei-me e fiquei diante do boneco. Pela primeira vez, vi os cordéis pretos sob o fundo da mesma cor.

– Eu quero, Mister Blue.

– Qual é a matéria?

– Talvez se enquadre em jornalismo.

– Vamos lá.

O álcool disse:

– Acontece que é de caráter particular. Vou perguntar em voz baixa, só pra nós dois.

Fiz uma pausa, mas não para dramatizar: o nervosismo partira a continuidade. Já me arrependia de ter-me levantado. Afinal, só queria a Carmen.

– Pergunte.

– Mister Blue, só pra mim: diga quem assassinou o sueco Johanson Olsen.

O boneco ficou mudo apenas por um instante:

– Você é escoteiro? Mostre-me o seu distintivo.

– Não, trabalho por conta própria.

– Muito interessante, senhor escritor.

Voltei-me aos gatos pingados:

– Perguntei a ele o endereço da casa onde minha sogra faz a vida.

Risos.

Mister Blue:

– Mais alguma pergunta?

Como ninguém mais se manifestasse, ouviram-se os acordes de encerramento, e os bonecos voltaram à cena para a dança final, enquanto os espectadores se retiravam.

Notei a ausência dum boneco: Ondino.

Olhei para a porta e vi Franz sorrindo e agradecendo aos espectadores que saíam.

Os bonecos curvaram-se às poucas palmas e subiram, menos Mister Blue, que continuou em cena, agora acendendo uma cigarrilha preta.

– Então, não é escritor – disse, decepcionado, com seu ar costumeiro.

– Pretendo escrever um livro algum dia, mas não sobre a história do teatro infantil brasileiro.

– Pobre professor Victor Sandrini! Estava se sentindo muito importante!

– O professor não vive desse teatrinho.

– Às vezes, uma pessoa precisa ter dois empregos, não acha? Com essa inflação!

– Mas eu não estou procurando emprego.

– Pensei que quisesse trabalhar conosco. É tão educativo!

– Não, só quero pegar a minha Carmen, e vender o meu silêncio aos seus patrões.

– Acho que vamos fazer negócio, Raul.

Agora a surpresa foi minha:

– Então, sabe o meu nome?

– Mister Blue sabe tudo.

– Mas meu nome não está na *Delta-Larousse*.

Um risinho espremido veio do alto:

– Quem sabe estará algum dia, quando escrever seu livro.

Exigi resposta:

– Como soube?

– Fiz sua descrição física a um amigo comum. E ele disse seu nome, Carioca.

Quer dizer que mesmo que eu não tivesse entrado com aquela conversa...

Cheguei a arrancar o canivete do bolso para fazer uma operação de apendicite sem anestesia no boneco, mas um aerólito caiu sobre minha cabeça e iniciei uma viagem sem etapas ao fundo dum poço sem fundo.

70 – O alegre despertar

Antes de abrir os olhos, senti que minha leviana cabeça estava dividida em muitas partes como um jogo de armar, mas uma delas – a que doía terrivelmente – não se ajustava ao desenho geral. Eu estava num dos quartinhos de fundo do teatro, atirado a uma cama, com os punhos e tornozelos amarrados com cordéis pretos, os mesmos que movimentavam os graciosos bonecos. Assim, eu próprio me via como um deles, o Carioca, apaixonado de Lili, que ousara desafiar seu diuturno fã-clube. Mas ninguém mandara flores pela estreia.

A dor de cabeça afugentou o medo por algum tempo. Mas não podia deixar de ver Johanson Olsen morto na areia. E vi também a minha amada strip, à porta do ônibus, tentando convencer-me a partir com ela. Se me concentrasse mais um pouco nessa lírica imagem, o arrependimento teria me matado.

Dispus de mais uma hora para pensar no que me aguardava. Precisava acalmar-me e esconder um rei de ouros na manga do paletó. Vencido esse tempo, entraram o professor Sandrini e Franz, que permaneceu à porta, mas sem o fundo musical que acompanhava seus movimentos no palco.

Sandrini puxou uma cadeira e sentou-se nela, diante da cama. Parecia o afetuoso clínico de família que vinha receitar um paliativo ao seu doente.

– Está doendo, Raul?

– Não se preocupe, professor. O Ondino não se excedeu.

– Então, era amigo daquele chantagista?

Não adiantava mentir, já que sabiam quem eu era:

– Só o vi uma vez à distância.

– Como conseguiu o tal selo?

– Me foi dado por uma moça que conheceu Johanson. Mas ela não sabia de nada. Apenas queria uma boneca igualzinha à Carmen, que vira com o sueco.

– Mas você sabia de tudo, não é?

– Certeza mesmo só tive quando vi Gino aqui no teatro à noite.

– Então, resolveu fazer chantagem.

– Não chame assim. Minha profissão é outra, embora não registrada em carteira. Só quero a boneca, uma nota preta e me mando para o Rio para não mais voltar.

Franz, à porta, riu.

– Muito justo – comentou o professor, sem me convencer.

Meu lance de fim de campeonato era este:

– Se querem que eu faça companhia ao sueco, é bom pensarem duas vezes. Um ladino como eu não viria aqui de peito aberto.

– O que quer dizer, Carioca?

Percebi que Bobby Fischer resolvera pensar muito antes da próxima jogada:

– Não estou sozinho.

– Não está?

– Se eu não voltar às docas dentro de algum tempo, receberão visitas. Embora tenham estudado em Oxford, não são pessoas chamadas de fino trato.

Sandrini consultou suas cartas:

– Disse algum tempo?

– Sim.

O detalhismo dos velhos:

– Que tempo?

– Não fixamos.

– O espetáculo terminou às onze – informou Sandrini. – Se fossem bons amigos já teriam aparecido.

– Vão aparecer.

– Então, vamos lhes conceder mais algumas horas. Quando chegarem, então negociaremos.

Blefar com um par de noves é sempre perigoso. Fiz um pedido:

– Mande seu boneco me desamarrar.

– Assim que seus amigos chegarem – disse Sandrini, levantando-se.

– Gostaria de beber qualquer coisa para comemorar.

Mister Blue tomou a vez de Sandrini:

– Infelizmente, não temos champanha. Serve um amaro?

– Qualquer coisa.

– Traga o amaro, Franz.

Enquanto Ondino ia buscar a bebida, para demonstrar segurança, eu disse:

– Não tive ocasião de felicitá-lo, professor. Mas o espetáculo é de boa qualidade. Se algum dia voltar, trarei meus sobrinhos.

– Separo a arte dos negócios.

– O que Paolo e Jane dizem da atividade paralela do titio?

– É para o futuro deles que me arrisco.

– Isso, de fato, é um bom exemplo.

Franz reapareceu com o amaro. Encheu um cálice duplo que o bom médico me serviu à boca, sem derramar uma gota.

– Não vai precisar pagar. É oferta da casa. Agora durma, enquanto seus camaradinhas não chegam.

71 – Revendo velhos amigos

*M*esmo se tivesse tomado um litro de qualquer bebida, eu não adormeceria. O bom humor de fachada desapareceu. E, acordado, assisti à reprise daquele pesadelo praiano, quando me vi perseguido por Mister Blue armado duma faca. Lembrei-me, depois, de alguns filmes em que o mocinho era salvo no derradeiro momento pela polícia, pela namorada ou por um amigo fiel. No caso, as três possibilidades eram absurdas. Resolvi rezar pela minha salvação. Mas fui bem claro, explicando que não era o Paraíso que desejava e, sim, a praia de Copacabana. Pretensão mais modesta, podia ser aceita com mais urgência e facilidade.

Ao amanhecer, tive afinal uma boa surpresa. A porta abriu-se e entraram Paolo e Franz. O universitário, sem olhar para minha cara, e usando meu próprio canivete, começou a cortar os fios de náilon dos pulsos e tornozelos. Franz permanecia à porta com um revólver.

– Tive muito prazer em conhecê-los – disse.

– Você vai só até o banheiro – explicou Paolo.

O banheiro era logo ali ao lado. Não podia fechar a porta bloqueada pelo corpo monobloco de Franz. Urinei, lavei o rosto e a boca, enxuguei-me e passei um toco de pente nos cabelos. Um galã de cinema, fazendo jus ao contrato, aproveitaria a chance para dar uma chave de braço em Franz e arrebatar-lhe o revólver. Mas eu não estava ganhando pra isso.

Voltei ao quarto, com Franz atrás de mim, onde encontrei sobre uma cadeira uma bandeja com um copo de leite e pedaços de laranja. Detesto leite com laranja.

Quando terminava o desjejum, Sandrini entrou.

– Simpáticos os seus amigos – disse.

– Que amigos?

– Seus cúmplices. Mas, ao contrário de você, não queriam dinheiro. Contentaram-se com permanentes para o teatro.

O blefe estava totalmente furado.

Paolo:

– Amarro ele?

– Não.

– E a janela?

– Pus uma tranca com pregos.

– E agora, o que vai acontecer? – perguntei.

– Vai esperar mais um pouco.

– Podem me matar, mas não me deixem sem cigarros.

Paolo me deu o seu maço.

– Obrigado. Vocês são ótimos.

Com a luz acesa, por causa da janela fechada, acendi um cigarro, passeando pelo quarto. Já vi tigres enjaulados e sei como procedem no seu desespero. Um metro de espaço para um prisioneiro é como um passeio de iate para um milionário.

Calculei que era quase meio-dia, quando ouvi passos no corredor e a porta foi aberta. Sob a vigilância do cano do revólver de Franz, recebi a visita de Gino.

O mordomo-besouro entrou com os olhos vermelhos, como se estivesse prestes a chorar. Abraçou-me:

– O que você fez, Carioca?

– Gino...

– Quis prejudicar seu Duílio! Esse homem é um santo, Carioca. Ajuda as mães solteiras, ajuda as criancinhas tuberculosas, ajuda as creches, os sanatórios, ajuda as crianças bobas, ajuda os órfãos, ajuda os filhos das putas... O que você foi fazer, Carioca?! Esse homem tem um coração de ouro! Tudo que tem dá pros coitadinhos. Por que fez isso, Carioca? Você é um ingrato, Carioca, um ingrato!

Deixei escapar uma lágrima:

– Gino, perdi todo o meu dinheiro...

– Mas ele te pagou tudo, Carioca, o salário, as férias, o décimo terceiro, a indenização, o caralho... O que você quer mais, Carioca? Quer explorar esse homem, que foi um pai pra você? Ele te tirou da cadeia, Carioca! Ele te vestiu como um príncipe, ele te deixou nadar na piscina, ele jogou tênis com você, fez tudo, Carioca! Jogou pingue-pongue. Você quase mata o coitado, Carioca!

Baixei os olhos, envergonhado. Afinal, o que tinha a ver com os negócios dele? Estava disposto a pedir desculpas, mas Gino saiu precipitadamente, meneando a cabeça, vermelho, indignado.

Larguei-me na cama, confuso, sentindo-me como um reles chantagista. Sórdido ratoneiro do porto. Desonesto ou não, Paleardi sempre me pagara meus direitos. Depois, seria ele o único homem no país que enriquecera ilegalmente? Nessa nova óptica, justifiquei inclusive o assassinato de Johanson Olsen. Deveria Duílio ter permitido que um tipo como aquele, sem eira nem beira, bêbado e vagabundo, destruísse todo o seu império? As criancinhas pobres seriam as que mais sofreriam com isso. Enxuguei o rosto: Gino molhara-o com suas lágrimas.

Uma hora depois, outra visita, já sem a vigilância de Franz, prova maior de confiança.

O próprio Duílio Paleardi, em bermudas, como o vira pela primeira vez no galpão. Olhava-me da porta, entreaberta, com uma profunda lástima. O pai austero que apanhara o filho fumando um cigarro escondido.

– Seu Duílio...

Ele olhou para o chão. Sua dramaticidade era mais contida que a de Gino:

– Estou muito triste com você, meu filho...

– Seu Duílio, peço desculpas.

– Eu o perdoo, meu filho. Mas quero que seja sincero.

– Serei, seu Duílio.

Chegou-se mais perto de mim, senti seu perfume:

– Você falou a mais alguém de meus negócios?

– Juro que não.

– Faça o sinal da cruz e jure.

Desajeitadamente, o ex-coroinha que fui, expulso a bofetões duma igreja da Gamboa, fez o sinal:

– Juro, seu Duílio.

A segunda pergunta parecia igualmente importante:

– E quem contou a você, meu filho?

– Ninguém, patrão. Comecei a desconfiar quando vi aquele boneco com a barriga rasgada, na Mansione. E, depois, quando o sueco foi encontrado morto com um ingresso do teatrinho no bolso. Fui juntando as coisas.

– Alba nunca lhe disse nada?

– Se quiser que jure, juro.

– Não é preciso, meu filho. Este meu negócio exige muita cautela. O motorista que você substituiu descobriu alguma coisa e começou a tagarelar. Gino teve de dar um susto nele. Depois, veio o sueco. Queria nos arrancar dinheiro. O bom Franz teve de matar ele, mas em defesa própria.

– Não quero fazer chantagem.

– Sei.

– Precisava apenas de algum dinheiro pra voltar ao Rio. Perdi quase tudo no jogo. Estava pensando em casar lá.

– Faz bem, Carioca. Você está na idade. Então, já que é isso, permita que lhe dê um presente de casamento.

– Não precisa, seu Duílio.

– Faço questão, Carioca. Diga-me: duzentos mil seriam suficientes?

– É uma fortuna, seu Duílio.

– Mas não vá perder no jogo. Gaste um pouco e ponha o resto na caderneta de poupança.

– Na caderneta?

– Na caderneta.

Duílio deu uns passos até a porta e olhou-me com perdão e ternura.

– O senhor é um pai, seu Duílio.

O simpático senhor Paleardi, cujas mãos eu queria beijar, não saíra ainda. Parecia querer fazer ainda outras perguntas. Encostou mais a porta e tornou a aproximar-se novamente de mim. Falou agora em tom mais baixo e difuso:

– Carioca, olhe-me nos olhos e responda.

Olhei.

– Pode perguntar, seu Duílio.

– Você andou mesmo com minha mulher Alba?

Não permiti que nenhuma pausa o levasse a suspeitar de minhas palavras.

– Tudo que disse na carta era mentira. Era uma mulher muito honesta.

– Muito bem.

– Nem com ela nem com dona Walesca.

O detector de mentiras não acusou nada.

– Com Walesca eu tinha certeza que não.

Será que ainda me convidaria para trabalhar com ele?

– Seu Duílio, queria também lhe dizer uma coisa: aquela joia, não fui eu que roubei.

O padre:

– Eu sei, meu filho.

Sabia? Ainda ele dando a mão à palmatória:

– Depois que você saiu, a joia sumiu outra vez.

– A mesma? Outra vez?

– Havia algum ladrãozinho entre os serviçais. Fiz uma limpeza. Só fiquei com os mais antigos e com o Torquato, que não era daquele tempo.

A grande pergunta:

– E ainda não foi encontrada?

– Não.

Uma curiosidade muito natural:

– Valia muito?

– Milhões.

– Que pena!

– Ciao, Carioca!

– Eles vão me soltar?

– Claro! Mas tenho de fazer o cheque. Juízo. Se me mandar o convite, eu e Gino iremos a seu casamento. – Sorriu mais uma vez e fechou a porta. Logo em seguida alguém lhe passava a chave.

72 – A última, mas não santa, ceia

Deitei-me na cama totalmente descomprimido, e tão tranquilo que dormi algumas horas. Acordei com fortes batidas na porta. Deveriam estar insistindo já há algum tempo. Mas batiam do lado de dentro, para me acordar.

Jane, meio mulher meio fantoche, colocava uma bandeja, o almoço, sobre a cadeira: feijão, arroz, carne picada, verdura, garfo plástico e um guardanapo de papel. Franz segurava o revólver, embora sem apontá-lo.

– Que é isso?

– A comida – disse Jane.

– Mas o cheque não está pronto?

Jane e Franz trocaram-se olhares.

– Não sei – Franz.

– Coma – disse Jane. – Depois, titio vem falar com o senhor.

– Queria beber – pedi. – Podem me trazer o amaro?

Franz lançou um olhar-comando a Jane, que saiu. Sentado na cama, comecei a comer. Mas não estava com fome. Por que não me soltavam? Fixei o olhar em Franz, mas a cara dele não me respondeu nada.

– Seu Duílio já foi embora? – perguntei.

– Já.

Jane voltou com o amaro e um copo.

– Deixe o litro – pedi.

Franz fez um movimento, como se quisesse me arrebatar o amaro das mãos.

– Isso vai ficar comigo – berrei. – Sou hóspede de honra da família Paleardi. Sabia?

Jane e Franz saíram.

Levei mais algumas colheradas à boca, usei o guardanapo e atirei-o a um canto. Depois, comecei a beber, dose após dose. Mas por que não me traziam o cheque? Por quê? Quando o amaro estava quase no fim, fui à porta e comecei a dar murros.

– Professor! Professor!

Pontapés na porta.

A porta abriu-se: Sandrini e Franz, que logo foi para o corredor. O professor trazia nos braços uma coisa linda: a Carmen Miranda. Peguei-a, feliz, abracei-a, lembrando de Talita e da promessa cumprida.

– Pago por ela quanto quiser.

– Já disse que é presente – disse Sandrini.

– Está igualzinha à que você usa no palco.

– Fiz com todo o capricho.

– Trouxe o cheque?

– Já está assinado.

– Posso ir agora?

– Ainda não, Carioca.

Desconfiado:

– Por quê?

– Seu Duílio quer que o soltemos só à noite.

– Não entendo.

– Um pouco mais de cautela, Carioca. Sente-se.

– Que cautela?

– Seu Duílio é gato escaldado. Acha que, se contou qualquer coisa a algum amigo, ele ainda pode aparecer.

– Jurei que não disse a ninguém.

– Sente-se e beba o seu amaro.

Sentei-me e voltei a beber com a Carmen sobre os joelhos. Sandrini sentou-se também. A porta aberta, embora soubesse que Franz estava no corredor com seu revólver, tranquilizava-me. Senti que podia ter um papo franco com o professor.

– Seu Paleardi gosta muito de você – disse ele.

– É uma ótima pessoa.

– Gino também gosta.

– Gino é uma flor.

– Admiro-me de que nunca o convidaram a entrar no negócio.

Dei uma risada:

– A confiança deles não chegou a esse ponto. Afinal, o que vocês levam para a Europa na barriga desses fantoches?

– Não sabe?

– Cocaína?

– Deus nos livre de lidar com isso. Tenho dois sobrinhos e não quero vê-los viciados. Jane, coitadinha, nem namorado tem e Paolo nem fuma.

– Então, acho que sei: vocês contrabandeiam marias-moles.

Sandrini riu.

– Alfinetes de gancho?

Outro riso.

– Soldadinhos de chumbo?

Sandrini sacudiu a cabeça:

– Então, você não sabe mesmo?

– Não. Vocês iam matar um inocente.

Sandrini molhou uma pausinha com saliva:

– Nosso negócio é diamante bruto.

– Diamante!

– Este é o país mais rico em diamantes em todo o mundo.

– Isso já ouvi dizer.

– Seu Duílio compra os diamantes de um grupo de extratores e nós os remetemos à Europa, por navio, no interior dos bonecos. Lá, são lapidados e passam a valer fortunas. Mas, aí, seu Duílio não tem mais nada com o negócio.

– Quem compra? Joalheiros?

– Os bonecos e bonecas são adquiridos por uma loja de objetos típicos de países tropicais.

– Loja de araque?

– Sim, há grandes joalheiros por trás dela.

– E Johanson Olsen? Que mola ele era na engrenagem?

– Johanson viajava para o exterior e ajudava a desembaraçar a mercadoria. Era quem cuidava da remessa. Agora quem faz isso é Gino ou Franz. Mas nunca houve problemas. Meus bonecos são insuspeitos. E nem todos eles engolem diamantes... Apenas um em dez!

– E por que mantém o teatrinho?

– O teatrinho é como a loja de bonecas e adornos tropicais em Amsterdã. Ambos não dão lucros, aparentemente. Só que, no meu caso, há outra coisa: eu e meus sobrinhos somos artistas. Adoramos fantoches.

– Não bastaria produzi-los?

– Não dá o mesmo prazer – disse Sandrini. – Mais alguma pergunta?

Pensei, bebi, traguei e encontrei:

– Por que o sueco tinha um canhoto de ingresso no bolso, quando foi encontrado morto, se podia entrar aqui a qualquer hora?

– Ele sempre recebia um ingresso na bilheteria, ficava mais insuspeito. Quanto a ter um canhoto no bolso, esse foi um detalhe que nos escapou, mas escapou à polícia também, que só mencionou o fato. Nunca veio um tira aqui incomodar.

– Então, é esse o negócio: diamantes brutos!

– Não o consideramos desonesto. Achamos que todos têm direito a usufruir as riquezas naturais de um grande país como o nosso. E se o próprio governo não as valoriza, nós as valorizamos. Mais alguma pergunta?

Cavoquei e arranquei outra:

– E aquele colar de cauda de cometa com que Mister Blue conquista o coração de Lili? É autêntico?

O professor Sandrini tirou-o do bolso, sorrindo:

– Comprei-o por cinquenta cruzeiros. Só as senhoras Paleardi usam joias autênticas, depois de lapidadas na Europa. A minha Lili não tem essa vaidade, seu Raul. Ensinei meus sobrinhos a amarem outras coisas, como a arte, por exemplo.

Lembrei-me do professor Moriarty, o terrível inimigo de Sherlock Holmes: não fora ele, apesar de tudo, um virtuose do violino? Ou será o contrário?

73 – Uma conclusão líquida

O prisioneiro de Zenda voltou a deitar-se na cama, à espera de sua libertação. Meu pensamento estava longe, a quatrocentos quilômetros de distância, fixado em Talita e no mistério do imprevisto amor que me inspirara. Toquei depois na cabeça de coco de Carmen, ansiando por meter no bolso o gordo cheque de Duílio Paleardi, o bom.

Mais um amaro.

Os inimigos gratuitos do álcool, organizados perseguidores, dizem que ele embota o pensamento. Deponho que nem sempre isso é verdade.

Johanson Olsen teve pior sorte que eu: mataram-no.

Mais um (amaro).

E o motorista, levara apenas um susto ou fora uma tentativa de assassinato fracassada?

Mais um.

Por que Sandrini me contara tudo sobre os diamantes?

Agora sem álcool:

Será que eu merecia tanta confiança assim?

A última e desesperada dose:

Se me deram a boneca, por que não também o cheque?

Haveria cheque?

A conclusão líquida, final: tudo aquilo (as visitas de Gino e Duílio Paleardi, a Carmen e o cheque) era uma comédia de fantoches. Na verdade, o script dizia que eu ia ser assassinado. Pude ler a rubrica com uma faca nas costas. Depois, jogado em qualquer lugar, talvez na Praia Grande.

Ao lado do guarda-roupa havia um espelhinho pendurado num prego torto. Levantei-me e fui espiar minha cara. O outro, o mesmo do banheiro, meu sensatíssimo sósia, estava lá, olhando-me, condoído.

— Lamento muito, irmão — disse ele.

— Então, vai acontecer isso mesmo?

— Se confiam em você, não haveria motivo para retê-lo mais tempo.

— Disseram que é por medida de segurança.

— Ora, sabem perfeitamente que está sozinho nessa canoa.

— O que eu faço?

— Não sei, irmão.

Entrei em desespero, mas onde ou quando o desespero ajudou alguém a safar-se de qualquer coisa? Bolei, então, um plano. Fui contá-lo ao cara do espelho.

— Já sei o que vou fazer.

— Diga.

— Quando o espetáculo tiver começado, às nove, vou abrir o maior berreiro do mundo e dar mil pontapés na porta. Isso vai chamar a atenção dos espectadores. E eles vão querer saber o que está acontecendo. Entendeu?

— Entendi.

— O que me diz disso?

— Não sei onde, mas deve haver algum furo no seu plano.

— Furo tem no seu cu. Isso funciona. E vai funcionar.

— Deus queira.

— Deus queira que esgote a lotação hoje.

74 – A lotação esgotada

Que palavras ou frases eu diria para chamar mais depressa a atenção do público? Esse era o problema na hora de arrolhar meu S.O.S. É muito variável a linguagem do pavor? Tem o cagaço um estilo próprio?

Pensei também que Mister Blue, ouvindo meus brados e pontapés, pilheriasse em cima da oportunidade: "Senhores, alguém ficou preso no banheiro". Então, Ondino iria ao banheiro, mataria o boneco importuno, e voltaria ao trabalho, talvez aplaudido pelo público.

Deviam ser nove quando ouvi passos.

A porta abriu-se.

Paolo e Franz, com o revólver. Era o tipo do cara com quem não tomaria uma cerveja, nem se o encontrasse em pleno meio-dia no Saara.

– Não está na hora do espetáculo?

Paolo:

– Hoje é segunda, não tem espetáculo.

Era o furo que o cara do espelho visualizara.

Por que se aponta revólver a uma pessoa que vai ser posta em liberdade?

Nenhuma dúvida: iam me matar.

Um negrinho aqui está a sós, apenas um;
Ele então se enforcou, e não ficou nenhum.

– Vão me matar a tiros ou a facadas? – perguntei, sem histerismo.

Os dois se entreolharam, Paolo um tanto nervoso.

– Você vai embora – disse Paolo.

– Então, me mostrem o cheque.

Como podiam mostrar o que não existia?

– Seu Paleardi deu ordem, não ouviu?

– Essa não foi a ordem que o carcamano deu – garanti. – A ordem foi outra.

Paolo, principalmente, não era profissional do crime. Deu mancada:

– Como sabe?

A pergunta me fez uma sugestão: algo bastante intrigante ou conflitante para adiar minha execução.

– Há uma pessoa mais sensível entre vocês que me contou tudo. E que vai contar à polícia, se me matarem.

A laçada envolveu os dois, que se aproximaram.

Olhei ao espelho: o cara piscou.

– Que pessoa? – indagou Franz, já com ódio dessa pessoa.

Paolo temeu a reação de Franz e tentou acalmá-lo:

– Embromação!

Ondino exigiu maior esclarecimento:

– Foi Jane?

Mulher é sempre a parte fraca. Confirmei:

– Foi.

O moço de óculos procurava salvar a pele da irmã (ou prima):

– Está mentindo! Eles nem conversaram! – Direta no peito. – Conversaram?

– Não.

Franz deu um passo em minha direção:

– Então como ela disse?

Olhei para o cara do espelho, que moveu a cabeça na direção do canto do quarto. Lá, todo amassado, estava o guardanapo de papel, que eu usara e jogara. Entendi o que o sósia queria me dizer:

– Escreveu no guardanapo.

Paolo quis apanhar o guardanapo-mensagem, mas Franz se antecedeu e abaixou-se. Não dava infelizmente para ler. Tinha de desamassá-lo todinho, dificultado pelo revólver. Paolo observava-o, preocupado com o procedimento de Jane.

Era ali.

O litro estourou como um saco de papel que explodisse com uma palmada na base. A intenção era golpear, passar por Paolo e escapar pelo corredor, rezando para que a porta de ferro da rua estivesse aberta. Mas meu anjo da guarda arrancou o revólver da mão de Ondino, que caiu sobre a cama, embriagado pelo amaro. Eu e Paolo nos abaixamos para disputar a arma, mas o jovem míope foi mais lerdo.

Empunhando o canhão, passei a mão na Carmen e saí do quarto, fechando a porta à chave por fora. Em dez rápidas passadas, percorri todo o corredor sem ver Sandrini ou Jane. Também não estavam no palco nem na sala de espetáculos, que atravessei com a urgência dum crítico teatral que abominasse o gênero.

A porta de aço da entrada de fato estava fechada. Mas havia luz na bilheteria. Vi a cabeça branca do professor, que mexia numa gaveta. Enfiei o cano do revólver pelo guichê.

– Venda-me um bilhete de saída, mestre.

Sandrini hesitou com os cordéis embaraçados.

– A chave da porta! – bradei. E como ainda estranhasse a novidade do texto, quebrei o vidro da bilheteria com a coronha do revólver.

Sandrini saiu da bilheteria com um molho de chaves e abriu a porta.

Eu tinha um recado:

– Diga ao patrão que está tudo certo. Não vou dar dica nenhuma à polícia. Ele que continue no Guarujá.

Ao chegar à calçada, um táxi parava diante do teatro. Reconheci a pessoa que chegara. Franz ficara cabreiro porque devia ter visto Jane sair.

Dei um beijo no rosto da meio mulher meio fantoche:

– Obrigado pela condução. Vou aproveitar o seu táxi.

Entrei no carro, mas sem o respiro final de alívio porque ainda estava em serviço.

75 – Um futuro brilhante

Deixei o táxi um quarteirão antes e segui rente aos muros das ricas mansões do bairro, mergulhadas numa penumbra silenciosa. Levava dois pacotes; um embrulhava a Carmen Miranda; o outro, com o papel bastante úmido, desfazia-se ao contato de meus dedos. Não passei pelo portão principal, atravessei a rua deserta e sem miados de gatos – eram duas horas da madrugada – voltando à calçada, no limite extremo, onde a Mansione confinava com um terreno baldio. Aí havia sempre tijolos, canos, entulhos, galhos de árvores que, amontoados, podiam servir de base e catapulta para o meu voo.

A sequência de sorte iniciada com o guardanapo de papel não me dissera adeus. Entregue à corrosão do sol e da chuva, estava ali abandonado um velho armário de cozinha, de cerca de um metro e vinte de altura. Somente um paraplégico teria dificuldades em subir nele, fazendo das gavetas degraus, para depois, num único impulso, jogar as pernas sobre o muro. Foi o que fiz com cuidado, para que os pacotes não me caíssem das mãos.

Sentei-me no alto do muro, com as pernas para o interior da mansão, como torcedor clandestino duma partida de futebol. Olhei na direção da guarita do guarda, envolta na bruma, e depois fiz uma panorâmica do jardim. Cauteloso, mas não lerdo, fui escorregando o corpo em ritmo de gelatina até pousar os pés na grama. Meu primeiro amiguinho veio correndo, lá das proximidades da quadra de tênis. Abri um dos pacotes, cujo papel a umidade do conteúdo quase consumira. Dei meu presentinho ao Dino Grandi: belo e suculento bife. Uma bocanhada e o pastor o engoliu. Queria mais? Tome outro, queridinho.

Um segundo vulto, rasteiro, muito veloz e ziguezagueante, partiu da direção da senzala. Ajoelhado na grama, abri os braços para recebê-lo, chamando-o pelo nome: o meu muito amado Sir Alexandre, Alex, para os íntimos, testemunha de todo o meu romance com Lucélia e de outros sucessos.

– Vai também ganhar seu bifinho. Coma à vontade. Trouxe quatro quilos. Mas vamos deixar um pouco para o Bugre.

O querido dobermann deu algumas voltas em torno de mim, primeiro desconfiado, mas depois de sua ceia me reconheceu e permitiu que eu lhe afagasse a cabeça.

Escoltado pelos dois cães, mas com os olhos bem abertos, receando o fila – onde estava ele? –, fui andando, curvado, ligeiro, rumo ao galpão.

As portas corrediças do depósito, cenário do primeiro capítulo da novela Paleardi, ofereceram resistência. Quantas vezes eu mesmo passara a chave naquele pequeno e enferrujado cadeado, proteção apenas simbólica das quinquilharias da família? Forçando para esquerda e direita, para cima e para baixo, não precisei esperar um minuto e ouvi o desejado estalido. Em seguida, empurrei as corrediças e, em escuridão quase total, entrei no galpão com o dobermann e o pastor. Tive de esperar para acostumar a vista ao escuro, como o retardatário duma sessão de cinema, e só então vi as mesas de sinuca e pingue-pongue, a grande estante-arquivo de objetos, um jarro de pedestal rachado, a bicicleta e a escada dupla que usavam para a troca de lâmpadas.

Pus a escada nas costas, feliz por tudo ter corrido bem até aquele parágrafo, e ia saindo, quando parei com as pernas tremendo. A porta do galpão, a olhar-me, bloqueando a passagem, estava o Bugre, o mais diligente defensor da propriedade dos Paleardi. Fiquei sem saber o que fazer, apavorado, mas o úmido pacote me acordou. Joguei-lhe um bife. E logo outro.

Atesto que a carne de vaca é realmente mais saborosa que a humana, pois o mal-encarado mastim apreciou tanto o meu apetitoso presente, que me permitiu sair com a escada. Pude, então, continuar a tarefa.

As portas de madeira da garagem escancaradas como sempre ficavam. Larguei a escada e fui entrando, seguido apenas por Sir Alexandre. Só faltava assobiar uma ária d'*O guarani* para comprovar a minha calma. Vi a Rural, o Mercedinho e a Bugatti. O Mercedão estava no Guarujá.

O Alfa. No fundo da garagem. Por que nunca o levavam à orla?

Estava fechado à chave. Senti uma dor no lado esquerdo da alma. Aquela possibilidade não fora programada. Mas a escuridão escondia uma surpresa compensadora: o vidro da janela esquerda estava descido. Oliver Hardy não poderia penetrar no carro, mas eu podia. Apoiei todo o corpo na capota do carro predileto de dona Alba (talvez por isso Walesca o rejeitasse), e fui deslizando para o interior como uma serpente, apenas dificultado pelo guidom. Mais emocionante do que destravar a porta simplesmente...

Sentei-me normalmente no banco do Alfa, a sentir os cheiros de seu conforto. Aí, sim, aspirei e respirei, como quem faz ginástica pelo rádio, na pausa anterior ao último lance. A cabeça do dobermann apareceu à janela: parecia interessado em presenciar tudo para depois escrever minha biografia. Fiz-lhe merecido afago no focinho áspero e gelado. E dei uma olhada para a Carmen, que deixara ao lado da escada.

Abrindo meu bilhete fechado de loteria, comecei a erguer a mão direita, que repousara sobre o joelho. Num voo de palmo e meio, toquei os dedos no luxuoso painel adormecido, e fui tateando em braile sua superfície fria e granulada. Com o canto dos olhos, vi Alex levantar as orelhas, sócio da mesma inquietação. Minha mão rumou para o sul, na curva abismal do painel, atingindo a parte inferior, metálica, nua, não revestida. Enfiei então todo o braço no fundo dum saco invisível. Como asas de borboleta, as orelhas do dobermann dobraram. Agora. Procurei meu sorriso no retroespelho: meus dedos haviam interrompido o trajeto à primeira e esperada resistência. Iniciei a Operação Descolagem. Não usara chiclete, como a polícia precipitadamente afirmara. Sempre detestei chicletes, o maior responsável pelas cáries dentárias. Numa e noutra vez pregara-a com tiras bem finas de esparadrapo escuro. Solta, apertei-a com força na mão espalmada. Queria marcar a pele com a realidade e a glória daquele momento. E, piscando para o dobermann, guardei a valiosa joia azul-guanabara no bolso.

Bibliografia

Livros

Contos, Novelas e Romances

A arca dos marechais (romance). São Paulo: Ática, 1985.
A última corrida: Ferradura dá sorte?. 2. ed. São Paulo: Ática, 1982.
_____. 3. ed. São Paulo: Global, 2009.
Café na cama (romance). São Paulo: Autores Reunidos, 1960.
_____. 9. ed. São Paulo: Global, 2004.
Entre sem bater (romance). São Paulo: Autores Reunidos, 1961.
_____. 2. ed. São Paulo: Global, 2010.
Esta noite ou nunca (romance). São Paulo: Ática, 1988.
_____. 5. ed. São Paulo: Global, 2009.
Fantoches! (novela). São Paulo: Ática, 1998.
Ferradura dá sorte? (romance). São Paulo: Edaglit, 1963.
Malditos paulistas (romance). São Paulo: Ática, 1980.
_____. 21. ed. São Paulo: Companhia das Letras, 2003.
Mano Juan (romance). São Paulo: Global, 2005.
Marcos Rey crônicas para jovens. São Paulo: Global, 2011
Melhores contos Marcos Rey (contos). 2. ed. São Paulo: Global, 2001.
Melhores crônicas Marcos Rey (crônicas). São Paulo: Global, 2010.
Memórias de um gigolô (romance). São Paulo: Senzala, 1968.
_____. 22. ed. São Paulo: Global, 2011.
O cão da meia-noite (contos). 5. ed. São Paulo: Global, 2005.
O enterro da cafetina (contos). Rio de Janeiro: Civilização Brasileira, 1967.
_____. 4. ed. São Paulo: Global, 2005.
O pêndulo da noite (contos). Rio de Janeiro: Civilização Brasileira, 1977.
_____. 2. ed. São Paulo: Global, 2005.

O último mamífero do Martinelli (novela). São Paulo: Ática, 1995.
Ópera de sabão (romance). Porto Alegre: L&PM, 1979.
_____. 2. ed. São Paulo: Global, 2012.
Soy loco por ti, América! (contos). Porto Alegre: L&PM Editores, 1978.
_____. 2. ed. São Paulo: Global, 2005.

Infantojuvenis

12 horas de terror. São Paulo: Ática, 1994.
_____. 6. ed. São Paulo: Global, 2006.
A Sensação de Setembro (romance). São Paulo: Ática, 1989.
_____. 2. ed. São Paulo: Global, 2010.
Bem-vindos ao Rio. São Paulo: Ática, 1987.
_____. 8. ed. São Paulo: Global, 2006.
Corrida infernal. São Paulo: Ática, 1989.
Diário de Raquel. São Paulo: Companhia das Letras, 2004.
_____. 2. ed. São Paulo: Global, 2011.
Dinheiro do céu. São Paulo: Ática, 1985.
_____. 7. ed. São Paulo: Global, 2005.
Enigma na televisão. São Paulo: Ática, 1986.
_____. 9. ed. São Paulo: Global, 2005.
Garra de campeão. São Paulo: Ática, 1988.
Gincana da morte. São Paulo: Ática, 1997.
Na rota do perigo. São Paulo: Ática, 1992.
_____. 5. ed. São Paulo: Global, 2006.
Não era uma vez. São Paulo: Scritta, 1980.
O coração roubado (crônicas). São Paulo: Ática, 1996.
_____. 4. ed. São Paulo: Global, 2007.
O diabo no porta-malas. São Paulo: Ática, 1995.
_____. 2. ed. São Paulo: Global, 2005.
O mistério do 5 estrelas. São Paulo: Ática, 1981.
_____. 21. ed. São Paulo: Global, 2005.
O rapto do Garoto de Ouro. São Paulo: Ática, 1982.
_____. 12. ed. São Paulo: Global, 2005.
Os crimes do Olho de Boi (romance). São Paulo: Ática, 1995.
_____. 2. ed. São Paulo: Global, 2010.
Quem manda já morreu. São Paulo: Ática, 1990.
Sozinha no mundo. São Paulo: Ática, 1984.
_____. 18. ed. São Paulo: Global, 2005.
Um cadáver ouve rádio. São Paulo: Ática, 1983.

Um gato no triângulo (novela). São Paulo: Saraiva, 1953.

_____. 3. ed. São Paulo: Global, 2010.

Um rosto no computador. São Paulo: Ática, 1993.

OUTROS TÍTULOS

Brasil: os fascinantes anos 20 (paradidático). São Paulo: Ática, 1994.

Grandes crimes da história (divulgação). São Paulo: Cultrix, 1967.

Habitação (divulgação). [S.l.]: Donato, 1961.

Muito prazer, livro (divulgação – obra póstuma inacabada). São Paulo: Ática, 2002.

O caso do filho do encadernador (autobiografia). São Paulo: Atual, 1997.

O roteirista profissional (ensaio). São Paulo: Ática, 1994.

Proclamação da República (paradidático). São Paulo: Ática, 1988.

TELEVISÃO

SÉRIE INFANTIL

O Sítio do Picapau Amarelo. Roteiro: Marcos Rey, Geraldo Casé, Wilson Rocha e Sylvan Paezzo. [S.l.]: TV Globo, 1978-1985.

MINISSÉRIES

Memórias de um gigolô. Roteiro: Marcos Rey e George Dust. [S.l.]: TV Globo, 1985.

Os tigres. São Paulo: TV Excelsior, 1968.

NOVELAS

A moreninha. [S.l.]: TV Globo, 1975-1976.

Cuca legal. [S.l.]: TV Globo, 1975.

Mais forte que o ódio. São Paulo: TV Excelsior, 1970.

O grande segredo. São Paulo: TV Excelsior, 1967.

O príncipe e o mendigo. São Paulo: TV Record, 1972.

O signo da esperança. São Paulo: TV Tupi, 1972.

Super plá. Roteiro: Marcos Rey e Bráulio Pedroso. São Paulo: TV Tupi, 1969-1970.

Tchan!: a grande sacada. São Paulo: TV Tupi, 1976-1977.

Cinema

Filmes Baseados em seus Livros e Peças

Ainda agarro esta vizinha... (baseado na peça "Living e W.C."). Direção: Pedro C. Rovai. Rio de Janeiro: Sincrofilmes, 1974.
Café na cama. Direção: Alberto Pieralisi. Rio de Janeiro: Alberto Pieralisi Filmes/Paulo Duprat Serrano/Atlântida Cinematográfica, 1973.
Memórias de um gigolô. Direção: Alberto Pieralisi. Rio de Janeiro: Magnus Filmes/Paramount, 1970.
O enterro da cafetina. Direção: Alberto Pieralisi. Rio de Janeiro: Magnus Filmes/Ipanema Filmes, 1971.
O quarto da viúva (baseado na peça "A próxima vítima"). Direção: Sebastião de Souza. São Paulo: Misfilmes Produções Cinematográficas, 1976.
Patty, a mulher proibida (baseado no conto "Mustang cor de sangue"). Direção: Luiz Gonzaga dos Santos. São Paulo: Singular Importação, Exportação e Representação/Haway Filmes, 1979.
Sedução. Direção: Fauze Mansur. [S.l.]: [s.n.], 1974.

Teatro

A noite mais quente do ano (inédita).
A próxima vítima, 1967.
Eva, 1942.
Living e W.C., 1972.
Os parceiros (Faça uma cara inteligente e depois pode voltar ao normal), 1977.

Biografia

Marcos Rey, pseudônimo de Edmundo Donato, nasceu em São Paulo, 1925, cidade que sempre foi o cenário de seus contos e romances. Estreou em 1953 com a novela *Um gato no triângulo*. Apenas sete anos depois, publicaria o romance *Café na cama*, um dos best-sellers dos anos 1960. Seguiram-se *Entre sem bater*, *O enterro da cafetina*, *Memórias de um gigolô*, *Ópera de sabão*, *A arca dos marechais*, *O último mamífero do Martinelli* e outros. Teve inúmeros romances adaptados para o cinema e traduzidos. *Memórias de um gigolô* fez sucesso em vários países, notadamente na Alemanha, e foi também filme e minissérie da TV Globo. Marcos Rey venceu duas vezes o prêmio Jabuti; em 1995, recebeu o Troféu Juca Pato, como o Intelectual do Ano; e ocupou, desde 1986, a cadeira 17 da Academia Paulista de Letras.

Depois de trabalhar muitos anos na TV, onde escreveu novelas para a Excelsior, Globo, Tupi e Record, e de redigir 32 roteiros cinematográficos – experiência relatada em seu livro *O roteirista profissional* –, a partir de 1980 passou a se dedicar também à literatura juvenil. Desde então, como poucos escritores neste país, viveu exclusivamente das letras. Assinou crônicas na revista Veja São Paulo durante oito anos, parte delas reunidas no livro *O coração roubado*.

Marcos Rey escreveu a peça *A próxima vítima*, encenada em 1967 pela Companhia de Maria Della Costa, além de *Os parceiros* (Faça uma cara inteligente e depois pode voltar ao normal) e *A noite mais quente do ano*, entre outras. Suas últimas publicações foram *O caso do filho do encadernador*, autobiografia destinada à juventude, e *Fantoches!*, romance.

Marcos Rey faleceu em São Paulo em abril de 1999.

Livros de Marcos Rey pela Global Editora

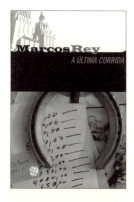 **A última corrida**

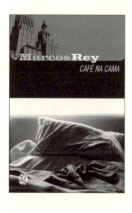 **Café na cama**

 **Entre sem bater**

 **Esta noite ou nunca**

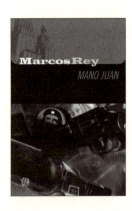 **Mano Juan**

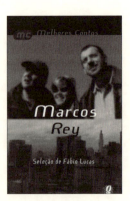 **Melhores contos Marcos Rey**

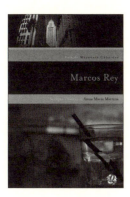 **Melhores crônicas Marcos Rey**

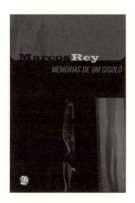 **Memórias de um gigolô**

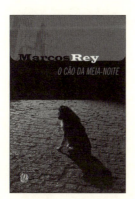 **O cão da meia-noite**

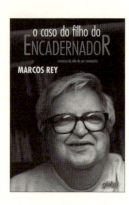 O caso do filho do encadernador

 O enterro da cafetina

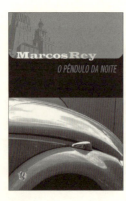 O pêndulo da noite

Ópera de sabão*

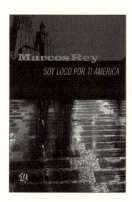

Soy loco por ti, América!

Os homens do futuro

* Prelo

GRÁFICA PAYM
Tel. (011) 4392-3344
paym@terra.com.br